滄桑備忘錄

袁瓊瓊

目次

滄桑

眷村

備忘錄

漂流的星球

——《滄桑備忘錄》序

袁瓊瓊

記憶是非常個人化的東西。我們自以為正確的記憶，時常是經過虛飾和扭曲的。關於我的眷村記憶，亦復如此。

數年前，我回到眷村裡的舊家。距離我十五歲離開這裡，已逾四十五年。這四十五年中，我始終記憶著的，我從四歲生活到十五歲的這個家，在這樣長久的歲月中，並無改變。我父親親手砌的圍牆，牆頭的鏤空花磚，紅色的對開木門，院子裡的橢圓形花圃，水泥小道，甚至我父親手植的茶花……。

一切保持原狀，這原狀與我的記憶密合到不可思議的程度，甚至連茶花，都並沒有長得更高或更大；時空在此以奇妙的狀態重疊。身在過去的空間裡，我迅即回到從前，成為當年的十五歲女兒。當年之所以離開舊家，是因為父親去世，而返來的女兒，已經比當年逝去的父親年紀更大了。

在記憶裡，這棟狹長的屋子，分割成四間小房，我十歲的時候，父親在屋後加蓋了一間自成門戶的大房。這間房子最初是父母親居住，後來為了貼補家用，租給附近大學的學生。其中一名後來成為我父母的義子，直到現在仍有來往。

這房子後來在我的第一部長篇小說裡，被回憶和描繪。無數情節在這房子裡進行，我在小說裡建構我的回憶，借給書中人使用。整整一年，我的舊居成為心靈之家，我和我的角色在其中進出，我的記憶完整而且鮮明，而且，我以為是正確的。

這次回到舊家，我發現存在我記憶中的，後院的屋頂陽臺原來是不存在的。並且，不是四個房間，是三間。我同時面對了我記憶的不正確和符合著我的記憶的現實。而我的記憶，究竟是以什麼標準來扭曲我的過去呢？存留的是為什麼被存留？而遺棄的又為什麼被遺棄呢？

關於眷村的記憶，或者說，一切在歲月中被中阻的事物的記憶，我想都有這個問題，所謂的真實，往往只是有限的真實。而每個人又各自擁有不同的真實。

我對眷村一直有種浪漫的親切和孺慕，可能跟我尚未成年就離開眷村有關。那種年紀看世界是透過自己的生活狀態去看的。我自己的原生家庭幸福美滿，父母親給的關愛比限制多。我沒吃過眷村生活的苦，只享受到眷村生活的好處。做任何事都有同伴，那時候好像任何地方都會有村子裡的人。你認識他們，他們認識你。這認識而且不是只對你個人，是包含你的父母，你的兄弟姊妹，你的背景。因為生於、活於眷村，我們從小就不是NOBODY。在那樣的年紀，我們覺得「全世界」都認識我，而我也認識「全世界」。

成年後遇到了一些人，聽他們講起眷村，發現他們體認的眷村和我的認知不一樣。有個朋友是這樣形容的：「眷村是長了毒瘤的母親。你不能不愛她，又不能不恨她。」與我母親談舊事，很奇怪，她的回憶與我完全不同。她對眷村的回憶不盡是美好的，並且充滿了不堪和痛楚。

眷村的生活沒有距離，對孩子而言，我們像是同時擁有許多的父母親與兄弟姊妹，我們常常吃在別人家裡，睡在別人家裡，自己的事被當作眾人的事，可以向每個人求助。但是對大人而言，這種生活表示沒有隱私。眷村裡串門子是隨時隨地可以行之的，家家門戶大開，除了晚上睡覺，沒有人關門。甚至也有人晚上開著門睡。我小時候最有趣的回憶之一，就是在中午大人打中覺的時間，跟小夥伴一家一家跑去看人睡覺，那真是千奇百怪，無奇不有。我樂趣的來源，卻也是許多人最大的痛苦。眷村最多的是流言，每一家都有真實的和捏造的故事。大家在茶餘飯後傳來傳去，加油添醋。而傳言往往又反轉來影響生活。在眷村裡，萬一不幸成為了被評估的對象，日子是非常難過的。而村裡的三姑六婆最大的生活樂趣就是散播流言。

這種生活氛圍跟某些臺灣小鄉鎮相仿。但是眷村的不同是人與人之間因為財產或地位所產生的階級來不及建立，又缺乏對於土地的共同感情。眷村裡人從四面八方來，除了別鄉背井，一無所有，全無共同處。而一無所有又容易產生一種悍然的理直氣壯，因為沒有什麼會失去。眷村的人全都失根，被截斷了移植到他鄉，某種程度的扭曲和變形幾乎是必然的。眷村子民的「無著落」感，可能要幾代才能夠消除。我們之所以強，之所以弱，其實都由來於此。

而悲哀的是，這是獨一無二的命運，從前沒有過，未來不會有。因此，眷村的經驗既不能承先，又無法啟後。眷村子民存在於歷史洪流中，每個人都是漂流的星球。

我不知道中國的千年歷史中有沒有過類似的事件。超過百萬人口的大遷移，與任何朝代的囤墾或移民不同的是，這群移民者是被迫來到中國最南邊的這個海島，並且渾然不知他們永遠不能回家。

一九四九年十二月七日，國民政府將行政院由四川成都市遷往臺灣臺北。這是最後一個由大陸撤退的政府單位。這個動作正式宣告了大陸棄守。從民國三十六年起陸續來臺的所謂「外省人」，在這一年年底，達到了百萬之譜。這個數字，包含了隨政府來臺的六十萬官兵，公教人員，以及這一大群人的眷屬。另外極少數，不到百分之一的平民人口，多半是來臺經商，工作，或來臺遊歷，卻在一九四九年末，發現故鄉正式對自己關上了大門，許多人不及告別，便永久與親人分離。

這一群渡海來到臺灣的人，被稱為「外省人」。雖然其間也不乏帶著金條還臺的，但多數是軍公教人員，俱都身無長物，吃住都是問題。幸運的人被安置在臺灣各地臨時搭建的房舍，配不到住處的人就只好自己設法。我母親是其中之一，那時候她十九歲，挺著大肚子，借住在新竹鄉下的農家，晚上就打開軍方發放的行軍床，睡在屋外。

母親在南京長大，幾乎不曾經歷過農村生活，這時候在陌生的環境裡，周圍全是陌生人，講的是她聽不懂的語言，而我父親那時還不知是死是活。她當時的懼怕與缺乏安全感，應當也是多數那個年代來臺的「外省人」的共同感受。然而母親算幸運的，隔年她生下了我，父親也隨著最後一波部隊的撤退來到臺灣。軍眷多數跟著部隊走。我的父親和母親，可能在軍隊移防時待過臺灣的不同鄉鎮，之後，落腳在臺南。

暫時安定下來的這群「外省人」，又生了一大群「小外省人」。男孩多數叫「臺生」，女孩多數叫「臺鳳」。這群日漸增生的人口，一直流離散居在軍隊駐紮地的外圍，或者是學校，或者是寺廟，甚至自行在空地搭建棚屋暫時容身。一九五六年，蔣宋美齡發起「軍眷籌建住宅計畫」，她指示婦聯會向民間籌款建築眷舍。六個月裡募到了六千萬臺幣，以當時饅頭一毛錢兩個的物價來估算，可謂巨款。這筆錢一共蓋了四千棟眷舍。落成後全數捐贈國防部，由軍方統籌分配。

這個計畫持續十年，到一九六七年第十期工程結束的時候，一共建成三萬八千一百棟眷舍，分布在十一個縣市。這裡的「棟」指的是一整排房子。通常一棟會有十來戶。粗估一下，算房屋單位，大約四十萬戶上下。近年的統計，全省的眷村一共有八百八十八個。可能在一九六七年之後，便不再有新建的眷村。但是眷村會自行「增生」，每家每戶，只要有能力，就會加蓋，延伸自己的前後院，或者在平房上加蓋小樓。眷村在後期，幾乎完全脫離原本規畫的統一和規則的「原型」，成為奇妙的建築型態。而不可思議的是，全省的眷村，「變形」之後依舊非常相像。這麼一大群不同省籍不同背景，不同教育程度，不同性情的人，被放置在一塊，共同生活多年之後，居然也就有了相同的思想，相同的審美觀，相同的人生態度。不能不說，群居的影響力可能超過血緣，超過種族。

眷村興建的目的是臨時安置，不考慮長遠。最初的建材只是灰泥和木頭，我記得小時候常常在牆上挖洞，每次被罰站面壁，就會對著牆挖洞，指頭摳摳就可以挖出來。不過後來改建成磚牆，就沒辦法了。眷村多半是一家挨一家，大有可能每一家都有洞。群居生活，偷窺是生活內容之一。幾乎到處都有神祕的洞，公共廁所裡，幼稚園圍牆，兩家隔間的牆。平常就明目張膽的用紙頭塞住，偷窺完了，那位「神祕眼」的主子也會敬業地把紙頭再塞回去。那些在洞眼裡微微露出的紙角，既帶有刺激性，也帶有暗示性，或成為某種識別記號。

眷村無論規模，形式都非常相像。可能只有軍種之別。父親是陸軍，我們住的是陸軍眷村。所有的房子都漆白灰，木頭牆柱露在外頭，外牆也一樣，不過木頭會漆成綠色，陸軍綠。眷村裡唯一的色調，就是這種清鮮的草綠色。以及刺目的鮮紅，多半是漆在大門上。全都是平房。一律長方形，一間間緊鄰，同棟的住戶共用前後院。後來為了劃分地盤，有人用竹籬笆跟隔壁戶劃分界線，之後大家學樣，一一用竹籬笆來做圍牆。「竹籬笆」也就成為眷村的代號，提起「竹籬笆」，人人知道談的是眷村。竹籬笆牆的象徵性比功能大，因為多數不高，兩隔壁站在籬笆前對話。只要稍抬下巴，就可以面對面。籬笆牆不密實，沒什麼隱私可言，真要看什麼，透過竹籬隙縫，照樣看得清清楚楚。

這是早期眷村模樣。後來大家經濟情況較好，家家戶戶開始裝修，給自己修紅磚圍牆，還有紅色木頭門。景況特別好的人家，則給紅磚加刷灰色水泥，多半比鄰舍的牆要高，牆頭上還插碎玻璃。早期眷村裡房舍分配並不以階級為唯一標準，也考量眷屬人口的多少。理論上從分派的眷舍大小是看不出階級的。然而法令歸法令，人性是另一回事。那大體一樣的眷村房舍，到後來，按照戶長賺錢能力的高低，依舊分出了階級。

所有眷村的基本配備也都一樣，無論規模大小。一定有個大門，這「大門」其實沒有門，只是兩個一公尺高的長方水泥柱，分列兩旁。上面寫村名和落成日期。一條大路就從村子大門直接通往村內，從村子的正中央切過。大路旁，靠近大門附近，有兩大主要設施，一個是村長辦公室，前面有個大廣場。另外就是幼稚園，幼稚園有軍方聘請的老師來教學齡前的孩子，說是上學，其實是托兒。當時的軍眷婦女要忙的事還滿多。我記得小時候我媽常常到幼稚園去，跟一大堆鄰居媽媽們圍坐著勾髮網，好像還縫些什麼。幼稚園因為有操場，學校裡還有禮堂，眷村媽媽們時常在幼稚園活動。後來天主教進入眷村，幼稚園的禮堂又兼做了禮拜堂。

眷村是很奇怪的環境。村裡的人來自四面八方。村子裡充斥各種省籍的鄉音。國民黨來臺，第一件事便是統一語言，學校裡要講國語。許多臺灣土生土長的孩子都吃過這種虧，因為不會講「國語」。事實上，我們外省孩子真正占到優勢的人也不多。我父親是四川人，在家裡聽慣了四川話，初入學時，老師說的話我聽不懂，我說的話老師也不大懂。眷村裡的「國語」其實不標準，各種省分的口音都雜了一點。我認為眷村裡是日久天長之後發展出了一種融合大江南北的腔調，以北京話為基礎，但是加入了一些各地方言裡獨有的俚語。眷村的「腔調」是學不來的，一開口，同樣來自眷村的人立刻會分辨。眷村的人也有相同的氣息，甚至相同的相貌，如同某種基因密碼，只有同類的人才能分辨。

眷村某種程度是封閉環境。每個眷村都自成一國，只與其他的眷村來往。眷村子民的生活版圖就是從這個眷村到那個眷村。整個臺灣省，似乎其他的地方不存在。我們多數生於臺灣成長於臺灣，求學時跟臺灣人同學，但是早期的眷村孩子，多數不會講臺語。要直到第三代，臺語才進入眷村，成為鄉音之外的第二種語言。會這樣，跟許多眷村第二代娶的是本省老婆有關，也跟外省人的沒落有關。許多人在社會基層討生活，必須要使用庶民語言。

眷村是軍方的附屬單位。只是管制不那樣嚴格。我小時候，村子大門口還會站衛兵。聽說別村不是這樣。可能是因為我們村子裡有大官，砲兵學校校長的官舍也在村子裡。孩子們上學，軍方有交通車接送，隨車還指派士官長管束孩子。每個月兩次發放油鹽米麵糧食配給，也是軍方大卡車開進村裡來。生了病，是去醫護所讓軍醫診治，連娛樂也是軍方包辦，文康人員會來村子裡拉起白布放電影。有時藝工隊到軍區演話劇。我們可以跟著父母親到軍營裡去看。每年砲兵學校校慶，開放軍區，我們就跑去看那些大砲，坦克車什麼的，在軍營裡跑來跑去，還有人發點心給我們。

因為副食配給照人口發放，孩子越多，配給就越多。副食券如果用不完，還可以折現。可能是這個原因，眷村裡的孩子家家都生得多。我們村裡有生到十三個的。家裡空間不夠大，大人就趕孩子到屋子外頭玩。在眷村裡，只要是玩，不愁找不到人，我們玩的遊戲一大堆，官兵抓小偷，騎馬打仗，跳房子，玩彈珠……整個眷村就像最儉樸的遊樂園。

眷村每一家的格局都差不多，生活習慣也差不多。我們對別人家就像自己家一樣熟悉。我們玩捉迷藏，會直接躲到別人家裡去，藏在床底下，或躲在簾幕後頭。大概也看到些不該看的事體，不過小孩不懂那些，似乎對於我們的心理也沒什麼不良影響。

後來看到一篇寫眷村童年的小說，作者小時候跟朋友常玩的遊戲是到鄰居家「串門子」。這串門子不是形容，完全是具體行為。一群孩子會從這一家前門進去，後門出來，再繞到另一家，同樣的，前門進去後門出來。每一家的景象大同小異。大人要不是在打麻將，要不是在睡覺。他們這樣「遊行」的時候，大人如果正忙，多半懶得搭理。我自己沒幹過這種事，不過想必在我們村子裡也是行得通的。

眷村的個人經驗，都不免會成為共同經驗。一九八三年，侯孝賢朱天文編劇，陳坤厚導演的《小畢的故事》，描寫的是眷村的叛逆少年小畢，成天跟壞朋友到處找人打架，砍砍殺殺。最後氣得母親自殺。死了母親之後，悔改的小畢去念軍校，成為一個好人。一九八五年，導演李佑寧拍了《竹籬笆外的春天》，鍾楚紅和費翔主演。鍾楚紅演一個眷村女孩，漂亮，愛玩。跟小飛官戀愛，懷了他的孩子，結果小飛官卻摔飛機死了。她最後跑到臺北成了「Bar Girl」，在那個年代，是差不多等同妓女的行業。

《小畢》與鍾楚紅飾演的那個角色，在眷村裡非常典型，幾乎每個眷村，不分軍種不分南北，至少都會出一個。小畢這類的男孩，叫做「太保」，鍾楚紅飾演的那種女孩，叫做「太妹」，這兩個稱謂就代表了所有的不成材的孩子。而太保如果沒在未成年前被殺死的話，救贖之道是上軍校。太妹的下場是陪酒賣笑，這也是事實，不光是電影編的。

眷村裡的外省第二代，分流到兩個方向，一種是極為優秀，一種則極為頑劣。優秀的孩子，父母親多半管教甚嚴，除了上學就是回家。念到了大學畢業就出國留學。早年臺灣大環境不佳，軍人的生活困苦，薪資極低。然而竟培養出那樣多的留學生，想來不可思議。

好孩子出了國很少回流。眷村的繼承者結果便是那些當年沒念好書的孩子。他們或者「力爭上游」，加入了黑道。或者安於平凡，在社會底層討生活。眷村逐漸成為社會邊緣人的聚集之地，所有被社會拋棄或鄙視的人，原住民，老兵，貧民，無業遊民；近幾年是外勞，外籍新娘，這些人隱藏在眷村的紅磚牆間，被忽略，也被遺忘。

滄桑

一

我父親姓袁名一。這不是他本名。他出生在一九一九年。對日戰爭開始時，他二十五歲。響應國民黨政府「十萬青年十萬軍」的號召去從軍。據我母親形容，在徵兵處，人家要他填姓名，父親說：「大丈夫生不帶來死不帶去，赤條條一個人。」就此改名為「一」字。

我不知道事實是不是這樣，從來沒聽他自己提過，而我母親有個戲劇性人格，我從小一直覺得我媽敘述的事都像演電影。母親大有可能成為優秀劇作家。我自己寫劇本之後，才注意到她的敘述方式多半不是文句，而是畫面。有動作有對白，有顏色聲音氣味。

我母親的敘述有些非常之動人心絃。我甚至無法確定我寫出來的會比她說出來的更好。有次她跟我聊天，說了一個長輩的故事。早幾年她是不可能說給我聽的，是因為時代。在過去，父母不作興跟孩子們談性，不管那孩子已經多老。但是黃笑話和低俗流行已經把這個界線打破了。我有個朋友說他喪偶的七十歲老父必須再娶的理由：「如果不時常用，就不能用了。」

我一邊聽一邊喝咖啡，假裝很優雅，假裝他告訴我的事與下半身無關。

母親的這位朋友，年輕時守寡，獨力把孩子扶養大。這女人非常能幹，輕重活都行，嗓門大，人粗枝大葉。這應該是一種防衛機制，盡量掩蓋自己的女人味，好避免任何引誘和被引誘。總之，這樣過了十來年，名聲在外，大家都知道她潔身自好，為人規矩。

她跟隔壁家的男人很熟，是男人間的那種熟法。她不算有姿色，再加上有心粗裡粗氣，從來也不擦胭脂抹粉。十幾年來洋裝不上身，總是牛仔褲來來去去。事實上，沒人當她是女人，或許她自己也把性別意識給抹除了，早已忘了自己是個女人。

那是個夏天晚上。她跟那男人一起在自己家裡談事情。當年多數家庭都窄小逼仄，大家習慣在廚房談話。兩個人在餐桌前算賬。為了養孩子，她接了些短期工作，現在事情作完了，要報賬。她就是算賬不行，所以隔壁的男人過來幫她。

廚房裡是四方木頭桌，四邊放四條長板凳。她跟男人一人一邊坐。當時多數用白鐵燈罩，就是像個斗笠似的，下頭懸著圓燈泡的那種，正在餐桌上方。正在算賬，燈忽然滅了。男人體貼，馬上跑回自己家去拿了燈泡來替她換。回來的時候，廚房裡沒燈，卻也不是一片漆黑，其他房間裡有餘光透進來。所以男人就上了餐桌，就著那點餘光，開始替她換天花板上的燈泡。女人嘛，也就抬頭向上看著。

她完全沒預料到自己會看到什麼。

等到燈泡換好，房間大亮的時候。她發現自己正盯視著那男人的褲衩。當時夏天，男人就穿著條寬寬的及膝短褲，裡頭什麼也沒有。顯然只是為了通風，絕對沒有預謀要通點別的什麼。

另外，穿著寬腿短褲，站在某個女性的眼目前，說實話，也不是通常的社交行為裡會出現的景象，他忽略了沒給自己加條ＢＶＤ也絕對是情有可原的。

總之，因為這順理成章的角度，以及順理成章的理由，女人便看到了，所有，在男人褲子裡應當出現的事物。

她告訴我母親：「我守了十幾年，心如止水。可就那一刻，我守不住了。」

但是當時，什麼事也沒發生。人生沒法什麼事都像電影的。男人什麼也不知道，下了桌子，兩人於是繼續算賬。

在我父親，當年意氣風發地抹除了祖譜上的名字，給自己改名叫「一」的時候，對自己肯定是有些想法的，或許那想法便是一個轟轟烈烈的人生，戰死沙場馬革裹屍，好留名青史之類。我父親是逃家出來當兵的，又改了名，萬一真的死了，他老家裡不會有人知道。我不曉得他當年有沒有想過這一點？

不過年輕的時候，總覺得家不如國的。另外他原本在老家有個父母給娶的妻子，比父親年紀大，脾氣不好。也是我娘的形容：兩個人時常吵架，那婆娘就抓起我爹的鞋從窗戶往外扔，而窗戶底下是醬缸。不知道是醃著什麼，母親只說是家家戶戶都這麼著，窗戶底下是醬缸，半人高，兩手圍抱那麼寬。年輕的父親便穿著一隻鞋，單腳跳著從屋裡出來，在窗戶底下的醬缸裡濕淋淋地找鞋。

找到鞋之後，照我媽的說法，他便憤而離家。跑到了重慶徵兵站，「大丈夫生不帶來死不帶去」，就此改名袁一。我小時候聽母親講這一段，總替他非常難受。沒法想像他腳上還穿著醬缸裡撈出來的鞋子，就這麼濕淋淋地翻山越嶺千山萬水。

成為「袁一」的父親沒有戰死沙場。在戰爭中那幾年，日後證明，是他一生最輝煌的歲月，他在極短的時間中快速竄升，是他那一期最年輕的帶兵官。勝利後他帶兵回南京接收，遇到了我母親，之後兩個人一起來到臺灣，生育五名子女。之後在四十七歲死去。

他的後半生，始終停留在原有的官階上，十來年不曾晉升。他死的時候我十五歲。不夠小到可以用無知的純真安慰他滄桑疲憊的心，又不夠大到理解人事，可以傾聽他的光榮他的失意。

他的故事我都不知道。沒聽他說過。只是後來聽我母親講述。而父親給自己定名的那個「一」字，其實成為界線，把他的人生分隔成兩半，他像是一個沒有過去的人，除了他的籍貫，他的姓。母親雖然說過他許多事，但是因為戲劇性太強，我總疑心那些事實經過了我母親富於想像的腦袋，或許渲染或加工過。

因之，我父親是沒有過去的人，他的人生始於二十五歲。在他改名為「一」的時候，剛剛開始。

而我母親說的那個故事，那個女人。在她抬頭上望，看見了不該看的東西的那個剎那，她也正站在那個「一」上。

這女人後來怎麼了，母親沒有講述。然而無論如何，在那個臨界的時刻，對於那個女人，彷彿踮著腳尖站在時間線上，進一步和退一步都是粉身碎骨。那非常危險的一剎那，同時接近地獄和天堂。

而終於回過神來的時候，生命決計不會相同了。

我母親與她的母親

我老媽嫁給我老爸的時候，剛過十九歲。估計兩人認識時她應該在十七到十八歲之間。

過去十七歲不算小。那年代很多人在這歲數結婚的。我老爸比老媽大十歲。兩個人在南京的街頭相遇。我母親剛從滙文女中畢業。那是一九四五年的八月，或九月，抗戰勝利，舉國歡騰。父親是帶兵官，帶著軍隊進駐南京。而母親是在街頭引漿簞食以迎王師的歡呼群眾之一。

後來母親說，那時候父親騎著馬，在馬上看了她一眼。

我說過我娘是戲劇性很強的人格。她似乎總能摘取人生境遇中比較不現實的那個部分。關於她和父親的相遇，究竟真實情況如何，我不想做理性推測，好像太殺風景。頭一點，那些來到首都的官兵們，雖然是勝利者，想必風塵僕僕，應該是髒的髒，臭的臭，絕對沒時間打點得光鮮亮麗。另外，進南京的不只我父親一個部隊，至少幾萬人馬。這些兵員絡繹進入南京時，想必騎在馬上的帶兵官數量也不少。但是，在母親的敘述中，那似乎是單獨的場景。

街道上就只是一匹馬，一個人。男人在秋日裡騎在馬上，軍服森然。而路旁的女人紮著雙麻花辮，穿陰丹士林旗袍，仰著她十七歲的，鮮麗的清純的臉龐。和煦的秋日金陽，不太亮，也不太晦暗，或許有微風，吹動了背景上粉紅色的櫻花，慢慢飄墜……我知道南京沒有櫻花，不過感覺這種場景，好像櫻花最適合。

我母親生得很美。她是那種天生美人，每個階段都美，從來不曾為了發胖或者皺紋煩惱。她與美共存的狀態，有點像音樂，有韻律感，非常地協調，舒適，並且是和諧的整體。她的美貌不刺目，但無庸置疑是美，是所有的顏色，形狀，都安放在適當位置。讓人感受，而非認知。她沒有任何粗糲的部分，無論是她的形貌，她的態度，言語，人生觀，對待他人與自己的方式。

她小時候是美麗的小女孩。我外祖父在南京經商，娶了城裡的小姐，就是外祖母。後來把妻子和女兒留在鄉下。他在老家裡算是鄉紳，有名望有地位。並且有原配。原配生了三個兒子，而我母親是唯一的女兒，非常受寵愛。她是外祖父四十九歲生的老生子，所以小名叫「九寶」。家裡送她上私塾，傭人會牽著她的手，走一條街去學校。她上學的時候，兩旁商店裡的人會出來看她。因為她是王老爺的女兒。也因為她漂亮。有個男人，可能是流浪漢，或者農民，每天都會跟著她，在她身後十來步遠，看著這個漂亮的小女孩的背影，淒哀地呼喚：「九寶，九寶，回過頭來呀，回過頭來讓我看一眼啊。」

他可能是用非常粗糙的方式表達他對於一種美麗的感動。但是我母親非常怕他。每次上學都抓緊傭人的手，緊張得幾乎胃痛。這男人從來沒有更多的動作。他就只是跟隨著她，走完整條街，在背後喃喃呼喚：「回頭看我一眼啊～，九寶～。看看我啊～，九寶～。」

我母親的美，跟她的貞靜有關。她一生只經歷兩個男人。就是我生父和繼父。而她的美貌，不知道為什麼，似乎會勾起男人一種奇怪的，幾乎是哀傷的慾望。沒有人真正去觸碰她。他們總是看著她，在注視中呆滯，而似乎退化成某種動物。母親說過她年輕時的一個經驗。那時她和父親新婚不久。父親要留守在營區。母親在黃昏的時候，必須自己回住處去。那時父親固定派一個副官護送她。

回家的路上，會經過一處竹林。那時候是夏天，母親穿著短袖旗袍，在男人的一側行走。他們不說什麼話，因為年輕的母親對於男人會覺得害羞。這個人每天送她回去，在黃昏，夕陽似落未落，竹林裡泛著金光，之後，不透明的，薄紗似的陰暗慢慢籠罩下來。而這個男人，對於他視線所及的這個女人，究竟是看到了什麼呢？究竟在想著什麼呢？

總之，有一天。母親說她嚇壞了。因為兩個人在路上走著的時候，這男人把母親的手抓起來，在她的手臂上咬了一口。他說：「我忍不住。」他忍不住。他說，他一直看著母親的手臂，白白亮亮，雪白的嫩藕一般。他忍不住。

在護送的這段路途上，或許他一直感受著身旁的女人完整的光華，或可能激起了他想要擁有的念頭，卻又怯於擁有。最後他採用了純然動物性的方式，把自己的牙痕和唾液，留在這個他得不到的個體的局部上。用詭異的方式，參與了我母親的美。

九寶的母親，就是我外祖母，現在想來，也是有心計的女人。據說外祖父因為經商，有時會逛窯子。那時候外祖母帶著九寶住在鄉下。聽人傳話說外祖父在城裡包了個女人。她就趕到城裡去。

外祖父包養的女人叫做小金靈，是當地窯子的紅牌。這個包養，於外祖父可能有感情上的意義，也可能不過是商業手法。因為他那時候要招呼許多商業上來往的朋友。談生意或吃喝，多半在他南京的居處。而小金靈是見過世面的，知道怎麼樣能讓賓主盡歡。

外祖母到了南京，雖然是正主兒，卻作小伏低，稱呼小金靈姊姊。她不但不怪罪丈夫包養這個女人，還公開感謝小金靈協助自己丈夫的生意。她在南京住了兩個禮拜，跟小金靈水乳交融。但是心機卻使在無形之間。

小金靈到底是風月女子，因為長年用化妝品，兼以作息日夜顛倒，生理不調，有衰敗色相。她一個人的時候，或許胭脂花粉掩飾，看不大出來。但是外祖母總繞在她身邊，姊姊長姊姊短。外祖父因此視線裡就永遠是兩張臉孔並排在面前。

有一天，據母親說，外祖母到祖父房裡去。小金靈剛起床，正在對鏡梳頭。外祖母就自告奮勇去幫小金靈梳妝。那時候，她的丈夫半倚在床上。

這個男人看到的是打點得清水一般光潔秀麗的妻，與正待修飾的，沒顏落色，呈現著本來面目的情婦。而小金靈，或許無知於這種對比，也或許明白，但是對自己的重要太自信；總之，她沒有做任何舉止來改變這個狀況。而外祖母謙畏地為丈夫的情婦做了完整的修飾。而從男人注視著自己和小金靈的目光中，她很明白發生了什麼。

她回到鄉下的時候，外祖父與她一起回來。而小金靈，被驅逐了。

故事

我或許是有故事的人，我不知道，因為老覺得自己的人生乏善可陳。

我很年輕的時候結了婚。我是我們班上第一個結婚的。因為覺得很丟臉，所以沒有告知或邀請任何一個同學。我大學沒考上。其他的同學都有光明未來，而我，結婚了。好像終身已定。生命裡不再有任何可能。婚宴上都是男方的親友，我這一邊來的只有我母親。因為家裡那時候開瓦斯行，繼父得顧店，而弟妹們也都沒來。因為我結婚的地點在另一個城市。

我並不覺得悲慘。我想那時候我大概一心想離開家。我告訴母親我要結婚的時候，她嚇了一跳，連我要嫁給誰都不知道。後來我叫我要嫁的男人到家裡來見我的母親和繼父。只見長輩。因為結婚是大人的事。弟妹們都不露面。

這一段，我記憶裡完全沒有畫面。不知是自己把它抹除了還是怎麼的。我不記得他們是怎麼談話的，我那時十九歲。我想我對婚姻，與一個男人共度一生這件事並沒有真正的概念。

家裡開瓦斯行。繼父那時還年輕，大約四十多近五十。以現在的眼光來看，我繼父是個儒雅的男人。他長得瘦削，清秀。長臉，很嚴肅。永遠都服裝筆挺，襯衫和褲子都是洗過燙過的，褲腿上筆直一條折痕。我沒看他笑過。我母親小心翼翼地隔離他和我們。他吃飯時一個人吃，我們要等他吃完才能上桌。我們叫他伯伯。平時避著他。他在的時候，大家都很安靜。我們不說話，不需要在他面前說話，他也不說話。

瓦斯行是兩層樓房，一樓開店，二樓住家。可能只是為了隔開我們和繼父，較大的三個孩子在外頭租房子住。母親總下意識地擔心繼父會對我們不好。有時候聽到他和母親在樓上吵架，多數是因為我們。就聽到母親大聲喊：「你不許罵我的孩子。我的孩子沒有錯。」極小的事情母親都會跟繼父吵，早上起床晚了。

上學遲到。功課沒寫完。考試不及格。只要繼父一吱聲，母親就跟他大吵。我們五個孩子是不許他觸碰的禁忌。母親總是說：「我的孩子可憐，小小年紀就沒了父親。我不護著他們，誰護。」說得聲淚俱下。她的那種護犢的心情，我不能懂。聽他們吵架的時候，雖然是為了我，卻完全覺得事不關己。

我母親是有故事的人。她十五歲喪父，三十五歲喪夫，六十八歲失去她的獨生兒子。

人生裡有故事可能是不好的。因為要有故事就得遭逢不幸。我父親過世時，她無數次哭得昏厥過去。有好幾天，一直抱著我父親的黑皮鞋，緊緊地摟在懷裡，像那是個寵物或孩子。她不吃不喝。整天躺在床上。鄰居媽媽來照顧她，替她擦身子，換內衣褲。我父親過世很突然，家人都猝不及防。

在丈夫過世之前，我母親是個純粹的小女人。我不知道她為什麼這樣，不過我們小時候，母親不上桌吃飯。她下廚煮好飯菜後，就站在一旁看我們吃，等孩子和丈夫吃完之後，她才來吃剩的。吃完了收碗筷。

我們小孩很快忽略她。那時候的母親，總覺得她像影子或擺設，完全沒有重要性。

外祖母是二房。我很大之後，母親才聊起這些。外祖父四十九歲才生她，所以小名叫「九寶」。外祖父是米商，在南京認識外祖母。我外祖母很有點個性，也是家中獨女兒，也受寵，所以婚事自己作主。媒人說的對象總看不上，直到二十來歲還沒嫁掉。在那年頭算是老小姐了。後來遇見了外祖父。似乎也有點故舊關係，我外祖父是外祖母父親的門生什麼的。那時候剛進二十世紀，許多男人還娶妾。外祖母雖然年紀大了些，身家清白，她父親不同意婚事，是外祖母堅持要嫁。

我的外祖母，從未謀面。不過感覺她的作風有點像我。我這一生總是堅持許多不緊要的事情。從小就彆扭，可能是隔代遺傳。就像我女兒，比較像我母親，不大像我。無論性格或是容貌。

外祖母結婚之後，堅持要住在城裡。所以外祖父在南京置宅，和外祖母以及我母親住了十年。後來因為老家出事，才帶著外祖母和我母親回祖家去。

老家是鄉下，祖家裡人口眾多，大房和她的孩子，兩個比我母親大上十來歲的兒子都在，又還有外家親戚。外祖母不得不伏小做低，察言觀色，日子過得小心翼翼。我時常覺得母親那種凡事退讓，忍氣吞聲的性格，是這階段的生活造成的。

後來外祖父就死了，死因離奇。他在廂房裡睡覺，土牆倒下來壓死了他。外祖母一直認定是大房的兩個兒子幹的。鄉下老房子，多是糯米牆，原就是一推就會倒的。這是我一生裡頭一次聽說的謀殺。但是母親的生活裡，似乎這一類的事很多。小時候聽過她講「浸豬籠」的事。鄉里抓到了姦夫淫婦，會把兩個人綁起來，背對背，據說還是倒反的，一個人腳上頭下，另一個相反。之後把兩個人關在竹籠裡，扔進江中。鄉人圍聚江邊觀看，竹籠就在混濁的江水中逐漸下沉。

我覺得非常可怕，問母親那兩個人有沒有掙扎哭叫哇。母親說沒有，一大堆人看著，群眾和處死的人都非常安靜，沒有人吵鬧。竹籠在江水中浮沉，漫漫漂遠，漂到江中心時，旋轉著下沉了。

江上時常也有屍體沿江漂下來。用棉被包著，只露出頭臉，那多半是被撕票的孩子。鄉下土匪多，隔一陣子就要闖進富人家綁孩子。母親那時還小。家裡有個鍋師傅。土匪來的時候，會把母親藏在大鍋裡。家裡長工多，燒飯用大鍋大灶，黑色鐵鍋足足有一公尺直徑。鍋師傅會把鍋底墊上棉被，再把母親抱起來放進鍋裡，跟她說：「九寶，你一聲都不能哼啊。」拿些稻草蓋住她，再合上蓋子。

母親在鍋裡會聽到外面人大聲嚷嚷，問為什麼沒人，鍋師傅就說：老爺帶去城裡看戲了。鍋裡頭漆黑，整個悶，稻草是乾的，帶著霉味。外頭土匪說：這鍋裡不會藏著人吧？鍋師傅打哈哈：「又腥又髒的，我們小姐哪肯讓我把她藏在這裡。」母親說：鍋師傅真精明，跟土匪說，灶裡還有火呢，裡頭就算有人，早也煮熟了。

我母親的童年盡是這些事。跟她相比，我慶幸我一生乏善可陳。

兩個父親

我其實有兩個父親。一個是生父。一個是繼父。

我生父叫袁一。本名是「袁夢華」，在離家從軍的時候改名為「一」。凡是談起父親，母親總要把他改名的故事說一遍。母親身材嬌小，非常女性化，年紀很大之後都還維持一種軟柔的說話腔調。時常在跟人講電話的時候被調戲，因為總被當成年輕女子。小時候聽她講述父親改名這件事，印象最深的是她用那種異常嬌氣的身段和腔調，努力模擬我父親在從軍登記時的豪氣干雲模樣：「男子漢大丈夫，俐落的來，俐落的去，那就無牽無掛，改名叫袁一吧！」

母親是很戲劇化的女人，直到年老。我時常覺得她活在她自備的情境裡。那與外在，與我所以為和認知的外在世界，似乎是有差距的。我以前以為她會這樣，都是因為長得太美的緣故。被美所障礙。所以以前，對於美貌很排斥，覺得那肯定是絕大的煩惱。同時排斥又同時為自己對於美的渴望所吸引和干擾。

對美有感覺，但又隱隱覺得那是很麻煩的。好像為了保有或者保持美，要限制自己許多事。「美」和「限制」，在我，中間有等號，那是我從母親身上看到的。

而那時候不理解，往往是有限制才得自由。如果能在限制裡出入，便為大美，那便關不住了。

袁一爸爸是四川眉山人。家裡三兄弟，他是長子。

現在回想，跟他的關係似乎很疏淡。據母親說，幾個孩子裡他最疼我。不過自己並不記得。記憶裡，很少跟他說話。像個旁觀者一樣，看著他跟弟妹們玩。給弟弟妹妹講故事。考試考壞了，他會訓話，講道理。就一言不發地聽著。看著他的嘴。他能講很久。就盯著他的白牙齒。

有一件事，也是母親說的。我自己沒有記憶。是我念小學的時候，其實大字不識幾個。那時父親在金門，聽母親說他寫過八頁長的信給我，讓母親念給我聽。

那信也並沒有留著。

是開學日的第二天。那時候的學校一天到晚考試，剛開學就有個期初測驗。我在教室裡寫試卷，看著那些我毫無辦法的數學題目，一邊胡思亂想。這時老師喊我：「袁瓊瓊你出來一下。」

我出來，看見教務主任站在走廊上，他說：你趕快回家，你父親去世了。

那是五十年前的事。我父親去世已經這樣久，不過我現在回想，某些事依舊歷歷在目。教務主任長長的臉，那突然嚴肅的沉下臉來的表情，他穿著灰色西裝褲，白色襯衫，上面有淺灰色單薄的細格子。白皮鞋。我自己也穿著白鞋，剛開始換季，制服換成白上衣黑裙和白鞋。我低著頭聽他說話，眼前是他的白鞋和我的白鞋，四條大大小小的死魚。

這樣清楚的景象。究竟是我的記憶還是我的虛構呢？我時常回想起什麼，出現的多半是畫面，清楚的畫面。就彷彿我自己站在遠處，像個不相干的人，在看著某部影片，或某本書，或某張畫。

我的人生，我有時疑惑一些事是不是真的出現過。或者說：那真的是我所以為的，所理解的，所認知的樣子嗎？

關於我生父的這一段，我記得的，銜接上面的畫面之後，就是我騎著車趕去醫院。那時候他住院。天很熱，我像是被掏空了一般，機械地踩著腳踏車，有奇妙的感覺，覺得這一切非常不真實，覺得自己很熱，脖子裡塞著汗，又癢又熱。覺得自己賣力地要趕到醫院去，不過是去證實這一切是假的。我父親沒事，我的人生如常。所有害怕的和喜歡的都在，所有我情願存留和失去的都在。

不過是去證實我在這時刻中其實在夢裡，隨即便要醒來。

果然，到了醫院。我父親不在。

他是三天前因為心肌梗塞住院的，那三天裡我天天去醫院看護他。就在那個早上，被告知他去世的這一天早上，我上學前還到病房去看過他。那時候他躺床上，上半身是淺綠色氧氣護罩，我湊過去，透過氧氣罩的細格子看他，他瞄我一眼。

我到我早上去過的那間病房去找他。他不在。他住的是加護病房，單獨一間，但是要通過一間大病房，裡頭許多人。一些空床，一些躺著病人。有些病人坐著，在喝湯，他們家屬坐在床旁的凳子上。有人輕聲說話，護士拿著裝藥鐵盤一床床發放。

我從床與床之間經過，從病人與病人之間經過，看到這世界一切如常，沒有任何變化。

然後到了我父親的房間，床鋪得好好的。他不在，沒有任何人在。所以我就離開，覺得奇異地安心，因為沒有任何事發生。

我沒有看到我父親。在我記憶裡，與他的最後一面就是隔著氧氣罩，他沒表情，悶悶地看我一眼的樣子。

關於我父親的死，相關的都是別的。家裡許多人來來去去，我母親不停地哭，哭著哭著便昏過去了。屋子裡氣味混亂，每個進出的大人都要來拉著我的手說：「你是老大，你要懂事，要照顧媽媽，要照顧弟弟妹妹。」

家裡頭很擠，許多的灰色的人影，別人家的小孩站在門邊偷看我們。屋子裡有塵土味，有陰溝味，許多怪異的氣息。忽然出現很多不認識的人在家裡進進出出。我母親在房裡哭，一直哭。屋裡頭昏昏，開了燈還是昏昏。有鼻涕和泥土的味道，混在一塊，有水泥牆上白粉的氣味，有點嗆。

我和弟妹們在灰暗的房間裡吃東西。每個人都要我們吃東西。我們端著碗坐在窗口吃東西，看見窗外灰暗的人，鬼一般來來去去。

之後，我父親的公祭。我們全家，跪在棺木前，我母親痛哭，因此我們也痛哭。那棺木是米白色。薄薄的木板。很小。我父親是很胖大的人，因此我就想他大概不在裡面。

我每次跟人提及我生父的去世，都說：我很小的時候他就過世了。前陣子又講到這件事時，對方問我：「多小？」我說十五歲。這個人說：那也不小啦。

我忽然憬悟到：我父親過世的時候，我其實不是孩子了。但是，這許多年來，對於我生父過世時的自己，一直以為自己幼小，沒想過實際的歲數。我是我父親最寵愛的孩子。而他往生之後，我大約有某些部分隨他的身亡而停頓，因為父親沒有機會老去，我於是便不再長大。我把我自己留在他的死亡裡陪伴他，一個永遠幼小的自己。

後來母親改嫁。我們有了繼父。

差不多是父親過世一年之後。不過那個年代，對於寡婦再嫁的容許度很小。我母親累次哭回家，因為她改嫁，雜貨店不賣東西給她。熟朋友也多數迴避，就像她得了某種疫病。

許多年後母親才提這件事。我父親過世後，家中狀況困窘。那時候我勉強算是成年，有人勸母親把我嫁掉，弟弟送去上軍校，再下頭三個小的送育幼院。我成長的環境中，不乏這一類的例子。出主意的人大約也不是惡意，大家都這樣做。幾乎是窮且負債的家庭，唯一的生存之道。

那時候，瓊瑤正當紅。我每天最重要的事就是跑去公布欄看報紙上她的小說連載。我被男主角迷得暈頭轉向，看到年輕男人都覺得是可能的白馬王子。完全不知道有人對我做了這樣的盤算。如果母親當真聽從了他們的建議，我不知道自己會變成怎樣。運氣好的話，可能十六歲作母親，三十六歲作祖母，五十六歲作曾祖母……之類之類。我很感激母親做了另一種選擇。讓我可以迷迷糊糊昏噩過日，從未停止作夢和狂想，直到現在。

母親說：「與其嫁掉小的，不如嫁掉老的。」她選擇改嫁，有犧牲的成分。

我母親是美人。父親過世之後，事實上家裡川流不息一大堆慰問者。整整「慰問」了一年。有父親的同袍，以及同袍的同袍，以及父親的上司，和上司的上司。以我現在的閱歷和理解來看，不得不認為這幫子男人是來看漂亮小寡婦的。

成年之後，母親會跟我聊一些當年事。她也明白這些人打的什麼主意，應付之道是絕不單獨與任何對象在一起。如果有人約她看電影（那年頭的「娛樂」只有一種，就是看電影），她一定「順便」找其他的「慰問者」一塊去。因為老是「團體活動」，後來也就「門前車馬稀」。幸虧這樣，否則大約不可能認識我繼父。

我繼父叫孫書麟。河北小範人。繼父瘦高個，非常嚴肅。我生父比母親大十歲。但是繼父比母親要大二十歲。娶母親的時候，他已經五十多，一般人通常不會在這個歲數上做出改變自己下半生的選擇，但是繼父居然做了。除了實在是喜歡我母親，我想不出別的理由。

他和多數來臺的外省人一樣，過去結過婚，妻子留在大陸，唯一的獨子則設法接到了臺灣來。他是軍人。那年頭總覺得軍職是鐵飯碗，雖然吃不飽，確定餓不死。所以兒子接來之後，就直接送去念軍校。認識我母親的時候，他已經退伍，和人合夥開瓦斯行。發不了財，但是衣食無虞。

他的前半生，尚未接納一個妻子和她附帶的五個孩子之前，至少有二十年，一直過著獨居生活。極少接觸女人，更少接觸孩子。連自己兒子都交給軍隊養了，實在不明白他為什麼要在年過半百的時候決定替別人養孩子。

現在回想，一群小鬼，和一個年輕的妻子，對於他的生活造成的改變大概跟龍捲風差不多。和母親結婚的頭一年，兩個人極端不合。母親因為是為了孩子嫁人的，所以護犢深切，跟我們相關的事都是禁忌，繼父碰也不能碰。老媽大約一開始就預設了「後父」（跟後母一樣）一定會虐待孩子，因之，繼父只要對於我們稍有微詞，我媽立刻就「防禦模式」大開。兩個人成天吵架。五個孩子，從八歲到十七歲，能夠發生的狀況是很多的。我老媽因為是美女，天然迴避一切讓她不美的事體，包括言語，姿態，甚至思想。但是跟我繼父吵架的時候，她可是十足的母老虎，繼父口拙（那一代男人全體都口拙，因為「唯女子與小人為難養也」），母親發飆的時候，他一言不發。如是多次，後來就被我母親訓練得非常明白，知道身為繼父，除了給錢，是沒有權利只有義務的。

我們與繼父一直都非常疏離。一切事都透過母親轉達，和他的直接對話極少，就算他人在面前也一樣。他是一個跟我們住在一起的陌生人。相對而言，我們於他大約也是陌生人。現在回想，與他的關係微妙，他從來不斥喝或指責我們，但是我們做了什麼出色的事，他也不發表意見。許多年之後，我才知道繼父為我做了剪貼本，專門收集我在報刊上發表的文字。我不大知道他看不看，他從來不提。

一直覺得他不苟言笑，非常嚴肅。有他在場，室內溫度似乎都要降三度。但是他晚年性格轉柔軟，變得有些像小孩子。過去的他跟我們完全沒有肢體接觸，甚至沒有眼神接觸。但是最後十幾年，我們開始習慣見面或離開時擁抱他。也可能是我們自己歲數也大了，開始覺得他親切。他那時身形已經縮了，非常地瘦小。說話時抓著他的手，會覺得肌膚冷塑膠似的滑涼。

有一年我母親住院，繼父來醫院探望她，母親叫我去大廳接他。見面後，我跟繼父來了個大擁抱。他那年已經八十來歲，身體非常清涼乾淨，抱著他時感覺他有種香氣，青草似的，陰涼乾爽，完全沒有所謂的老人味。我印象非常深。

繼父一直活到九十九歲。他終身維持著瘦長的身段，生活非常規律，按時起床，按時睡覺，按時三餐。這應該是他長壽的原因。他的生活非常儉樸，家中用品最新的也有三十年歷史。所有家具都是壞了修，修好了用。我們成年後，偶爾替他和母親置點東西，他向來是不用的，連包裝都不開。

母親年紀也大了之後，時常埋怨跟他出門得一直走路，他不肯坐計程車，到哪裡都走來走去。近距離就靠兩條腿，或騎腳踏車。遠距離坐公車。幾乎每頓飯都自己做，他包水餃，自己做麵條，或蔥油餅。吃得非常簡單。有一陣子，聽母親說，他每餐只吃白麵條拌蔥花跟醋。餐後一根香蕉。

他生活異常單純，除了看電視就是看書看報。家裡有張大桌子，上面堆滿了剪貼本和剪報散張。他生前最後幾年收集剪報，分門別類，按篇幅大小拼貼成整頁。身後留下二十來本剪貼本，每本都仔細地做了封面，按內容取「書」名。他自己題字。這些剪貼本非常整齊，頁面乾淨妥貼，就像他自己選稿自己編排的雜誌。或許繼父曾有過做出版人的心願吧。

他不認識我父親。但是非他所出的這五個孩子，他供養到成年，讓我們都接受高等教育。小妹且出國拿了博士。他過世之後，我有時會想像：在另一個世界，會有一個胖胖的，濃眉毛大眼睛，滿臉笑容的男人去見他，跟他說：「孫先生，你好，我是袁一。」然後這一胖一瘦的兩個人會坐下來。繼父會與我的生父談話，告訴他我們是怎樣長大的。

這麼遠那麼近

父親據說很疼我。這是我媽說的。我開始有自己的記憶之後，腦海裡沒有任何角落存留有與父親親近的畫面。

據我母親的描述，我生下來之後，母親很失望，因為她希望能生男孩，但是父親把那個初生嬰兒抱起來說：「男孩沒什麼好，看我就知道了。」他跟母親說他喜歡女孩，「越多越好。」結果母親替他生了四個。

我父親的家譜有排行，父親排行「夢」，我這一輩，應當排行「樹」字，但是我們家五個孩子，無論男女，都沒有按排行取名。四姊妹都是斜玉旁的複名，弟弟則叫「文中」。承繼排行名字的，是父親留在家鄉的兩個孩子，一男一女。

女孩子叫「袁樹芬」，父親居然帶了她的小照過來。這是他真正的大女兒。帶女兒照片離家而不是兒子，似乎也真的佐證了父親是比較喜歡女孩兒。

非常小的照片，比一般身分證照片還要小一點，幾乎只有指甲大，照片都黃了，直到現在還留在我們的家庭相簿裡。我媽每次翻相簿看到都說：「這是樹芬姊姊。」一種既遠又近的描述，讓我知道她與我有關係，但是不知道是哪一種關係。

樹芬姊姊在照片上沒有年歲，留當年學齡孩童都留的所謂「童花頭」，事實上就是西瓜皮頭。那個年代「童花頭」或許是很時髦的髮型也不一定，徐志摩和陸小曼的婚禮照片上，陸留的就是童花頭。而樹芬的頭髮上別了根細細的黑夾子。照片裡她皺著眉，臉偏著，下巴擱在肩頭上，有點像是誰喊她，她一轉臉，留下這張照片。照片是剪裁過的，只剩一張臉，或許是什麼證件上的照片。

父親從來不提他這個女兒，以及，另一個，年紀更大的兒子。

現在回憶，關於我父親，奇妙的是，純是些敘述，字句和字句。例如我母親說他帶兵，底下都是些「嘎渣子琉璃球」。這句詞是不是這幾個字也不知道，只知道意義是講父親手底下都是些麻煩人物，別的連隊上不要的，就都送到父親連上來。但是這些難搞的人都被我爸收服了。對於我父親，母親還有一句話，說他會處下不會處上。他單名「一」，軍中念「一」字的發音是「么」，大家都叫他「袁么」。我娘也這樣叫，說他「袁么不聽話是出了名的」。他跟底下弟兄感情深厚，但是遇到長官就總是不對盤。「恃才傲物」，「嫉惡如仇」，還有「懷才不遇」，「憤世嫉俗」，都是我母親拿來形容父親的話。

現在想來，母親簡直就像成語字典，她用許多四字成語來界定我的父親，那些四個字一句的話，我從小聽到大，而我父親或許因此而被抽象化了；都是些空洞的字句，其中並沒有活生生的人。

而奇妙的是，這些關於我父親的話語，並不是在父親死後才講述的。父親過世之後，全家都很少提他。我們年紀都太小，很快遺忘了他。而母親是不堪講述，父親的過世於她是生命中絕大的裂縫和傷口。甚至在意念上輕輕觸及，可能都有血淚奔流。很少，絕少提他。後來母親改嫁，我們有了繼父，關於父親種種，便被完整地封藏起來。

而那個被四字成語所環繞及覆蓋及解說的父親，我小時候覺得他很像是章回小說或武俠小說裡的人，因為那樣多四字成語。而母親講述他以及他的故事，多數是在晚間哄我們睡覺時。那個她描述的英雄人物，彼時在隔壁房間忙碌，他那時在砲兵學校擔任教官，大約是準備教材，也或許是接了額外的工作補貼家用。總之，那時年輕的母親，透過讓丈夫成為英雄來表達她的愛，或者是掩蓋她的失望。或許也在說服自己，這種貧窮，愁苦，看不見未來的生活一定會結束，因為父親曾經是英雄，他的能力不可能就此永遠消逝。或就像《聖經》中的彌賽亞，透過不斷重複某些話語，來保證那些事會重現。

與我有關的部分。母親的說法是，我只要半夜哭，一定是父親起床抱著我在屋裡走來走去哄我睡著。他有時候要趕東西，於是便把我放在腿上，一邊工作一邊抖著腿哄我入睡。

他盡自己的能力買最好的東西給我。他對我的愛似乎真的是獨特的，因為後面又生了我弟，但是父親對我依然很偏心。我上小學一年級，學校遠足，母親說他買了蘋果給我帶去吃。那個年代的蘋果，以一個窮軍人的薪水，我不知道他是怎麼想的，也不知道我母親是怎麼想的，竟然容許他做這樣奢侈的事。但事實上我並沒有吃。對小孩來說，食物只有口味合不合，沒有貴不貴的問題。我遠足回來，母親問我蘋果味道好不好，我說不好吃，咬了一口就丟掉了。

我事實上直到現在也還是不喜歡吃蘋果。總覺得蘋果有一股木頭味。大約跟它表面的蠟有點關係，蘋果似乎比任何其他水果更像是植物，切成片就非常結棍，完全可以拿來蓋房子或做家具之類的。

我小的時候，他喜歡把我舉起來騎在他肩頭上。有時候還把我帶到他學校裡去，他同事會說：「袁么把女兒帶來了。」所以我小時候，至少在砲兵學校，和我們住的眷村裡是很出名的，大家幾乎都認識。而且據說因為我看上去很乖，所以校長夫人還指名要我去她家裡陪她孩子伴讀，但是我抵死不肯，因此做罷。我小時候這一類不知好歹的行徑其實還多著。

父親從沒有講述過他自己。我成長的年代，到了某個歲數，父親與女兒之間出現界線是必然的事。那個歲數可能非常早。我還記得我上幼稚園的一些事，但是對於父親和我，親切的，或著親暱的回憶，完全沒有。

幾乎所有事情都是透過母親。母親告訴我們父親是怎樣的人，告訴我們父親有多愛我們，而那個被她敘述的人，生活在我們的生活外圍。也並非不相關，只是，似乎與母親所講述的對象很有距離。

本事與電影

與父親不親近。我記憶裡，連跟他手牽手的印象都沒有。很少跟父親單獨去哪裡。多半是一家人出門，那時候父親抱小妹，老媽抱二妹，我和弟弟和大妹，自己跟在父母身後。我家孩子出生時間都正好相隔一年十個月。那也是女性產後哺乳，大自然安排的避孕期限。從這裡可以想見我父母親年輕時非常恩愛。母親在三十歲之前生完最後一個孩子，之後便結紮了。當年這是普遍的避孕方式。另一種是墮胎，不過要花錢，而且風險大。而結紮手術，軍醫院就給做的。

我們小時候時常聽故事。母親口才很好，她只要看了電影，回來會把全部內容講給我們聽。要講好幾天。有時候故事全部聽完，已經把前面忘了，就央她再講一次。有部影片我們特別喜歡，母親講過好多遍。那是羅傑・摩爾在還沒有演「○○七」龐德之前的影片。片名叫《奇蹟》。這部片我從來沒有看過，大約也不必真的去看，在母親講述的時候，我們事實上看到了全部情節。

羅傑・摩爾非常帥，年輕的他在影片裡演一個軍人。他在上戰場之前，到教堂裡去祈求護佑，結果與女主角相遇了。

我年輕的母親，在當時，為我們講述這夢一般美麗的故事時，或許也寄託了她自己的夢景吧。她之所以詳細地，一再重複地替我們講述電影裡的情節，或許在那當下，她可以脫離真實的生活，暫時回到她自己在南京念書時的歲月。那時候她是外祖父最疼愛的老生女兒。外祖父四十九歲生她，給她取了乳名「九寶」。相較我與父親的關係，母親與她的父親感情近得多。

母親說她從小怕外祖母，但是與外祖父很親。外祖父常提著鳥籠子，另一手牽著小女兒上戲園看戲，那時候，年幼的母親，在戲院裡有專座。戲班子裡的人都認得她。她看戲看睡著了，外祖父會找個人幫忙提鳥籠，自己背著她回家。

事實上，關於母親對於我父親和我的敘述，總覺得很像是外祖父和她。母親的故事裡甚至也有水果。那是外祖父有回到北京去，回來的時候給她帶了鴨兒梨。而母親不愛吃，吃一口就扔了。據說外祖父笑呵呵地把鴨兒梨從地上撿起來，用長大掛的袖口摩去灰塵，跟母親說：「這是皇上吃的東西啊，看看你。」外祖父對母親從來不發脾氣的。

母親十五歲外祖父去世。之後三十五歲丈夫去世。我十五歲父親去世。從小別人一直說我像母親，說我長得跟她「一個模子出來的」。父親去世之後，我有很多年，認定自己會有和她一樣的命運軌跡。我很努力地不要像她，在一切一切方面，跟這點懼怕可能有關係。我甚至背離到「走到她的反面去」，幾乎是以她不會去做的選擇當作我的處世依據。因之，我成了母親的「陰文」拓印。這樣努力地不要去像她，我之背離，事實上正凸顯了那其實是我的一部分，比之我自己更為清晰。姊妹中，我與母親關係最不好，我時常因為她遇事的軟弱與退讓暴怒。但事實上，我自己的內在同樣有這個部分。而會去對抗，正表示那樣東西確實存在。會走到反面去，是因為清楚「正面」是什麼。

《奇蹟》的女主角出生後被拋棄在修道院門口，修道院長收養了她。她非常虔誠，這虔誠不是來自信仰，是來自生活；除了相信這唯一的一種生活，她沒有別的。

她的工作是打掃聖堂。每天她去擦拭聖母瑪麗亞的塑像時，她會跟聖母說話，就像祂是真實的存在。在修道院聖潔嚴謹的氛圍裡，聖母的塑像可能是唯一溫暖的東西。然而這個誓願守貞，要作天主新娘的女孩，跟男主角相遇後，戀愛了。

她跟男主角私奔，臨行前跟她摯愛的聖母像告別。她以為自己永遠不會回修道院了，就像一般人，她把自己最珍貴的東西留給聖母，那是她幼年被遺棄時，掛在她脖子上的一條金項鍊。她一直掛著，從來沒脫下來過。現在她把這項鍊掛在她最親愛的聖母胸前。

她跟情人離開修道院。但是羅傑．摩爾演的情人在戰場上死了。之後，為了生活，她成為了妓女，小偷和騙子，在不同的男人間遊走。

二十年後，她貧病交加，回到修道院，希望院長接受她的懺悔，再度接納她，讓她死在修道院裡。但是院長不相信她的話。院長說，這許多年裡，她當年收養的那個女孩一直在修道院裡，而且是所有姊妹中最純潔最虔誠的。她不可能是那個女孩。她說服不了院長，只好離開。臨走前，她要求去看一下聖母像。院長卻說聖母像不在了：「二十年前，聖母像無緣無故失蹤，到現在都沒有下落。」這時候，院長所說的那個從未離開修道院的她自己，從走廊上走過來，與她四目相觸。她的胸口正掛著當初她留給聖母的項鍊。

母親把這結局講過無數次。我們喜歡聽這個部分，並且繼續編造，讓女主角留在修道院，而聖母像回到了祂的臺座上，然後女主角病好了，幸福地過了一生，她那一段荒誕的生涯永遠沒有被發現。

我小時候是沒有電視沒有電腦的時代，生活中有許多空白，所有的故事都不完全，所有的電影和小說都有供人加油添醋的餘地。那時候我們並不要求忠於原著，我們喜歡的是由源頭衍生出來的，其他的，精采的，或者枯燥的部分。看電影不僅是看電影。在看之前，會先去聽那些看過的人講述，如果那個人沒什麼口才，我們會邊聽邊用自己的想像力補足。之後，如果有第二個人看過了，我們就再聽一遍。

電影院往往有印成單張的「本事」，也就是影片內容。那時候沒有迴避「劇透」的概念，寫本事的人文情並茂盡情揮灑，有起頭有結束有高潮有起伏。寫得特別精采的，等看完電影之後才會發現撰稿人也運用了大量想像力，有時候本事的內容會和電影完全風馬牛不相及。如果片子裡有凶殺，「本事」裡還會透露凶手是誰，完全不影響我們看電影的樂趣。正好相反，預先知道誰是壞蛋，從一開映，大家就會對那個壞傢伙發噓聲，益發覺得那壞蛋壞得無孔不入，頭上生瘡腳底流膿。過去從來沒有演壞蛋的演員走紅，大概就因為這樣。我們都相信那些壞人都是「真正」的壞人，要不怎麼能陷害男主角或女主角生不如死哇。

我父親也講故事，不過是另一個路數。

這輩子我只聽父親講過一個故事。關於一個青蛙和一個人的。但是因為這隻青蛙是這個人變成的，所以，精確一點說，其實是一個人（或一隻青蛙）的故事。

父親要不是完全不會講故事，便是實在太會講故事。因為這故事我聽他講過許多次，從來沒有一次內容完全相同的。

我肯定是頭一個聽到這故事的孩子，但是當時年紀太小，這故事的「初版」究竟是怎樣的，記不得了。不過日後就常聽他講給弟妹們聽。

聽故事這件事，在我的年代，是區分你是否長大了的標準。講故事是「哄小孩」的行當，長到某個年紀，我們便失去被「哄」的權利。因此，沒有大人會講故事給大孩子聽。「大」孩子也不屑聽故事，似乎表現出自己對聽故事的渴望，便等於供認了自己其實不成熟。在我們的年代，不成熟是很大的缺點，比殺人放火好不到哪裡去。

對孩童的最大讚美是「老成持重」，而一個到了一定年紀的孩子，如果做不到老成持重，如果不夠成熟，那麼顯然就離失敗，離乞討，離學壞，離被槍斃不遠矣。

我們那個時代很簡單，沒有那樣多選項，如果你不在老成持重，努力向上，忠厚老實，溫良恭儉讓這一邊，那麼你就一定在油腔滑調，嘻皮笑臉，一事無成，作姦犯科，並且直達刑場被槍斃的那一邊。沒有中間地帶，一切分類都簡單而分明。某方面來說，這是讓人生輕鬆的方式。不像現在，一切都太模糊了。所有的「是」裡頭夾著「非」，「非」裡頭又夾著「是」。任何事都可能是黑的或可能是白的。光是分辨釐清就要花莫大的力氣。讓人覺得人生艱難。

成為「大」孩子的年紀，事實上沒有公定標準，比較上來說，是由下頭的弟妹來決定的，弟妹的數量越多，你長「大」的年紀就越早。我成為大孩子的年紀是五歲。那時候弟弟快三歲，大妹剛出生。我於是莫名其妙地成為母親的「左右手」。我老媽說話從來不會直白地說。她跟人聊天講起我總是嘆說：「小瓊雖小，已經是我的左右手。」稱讚我的時候也總是說我是她的左右手。不滿我的時候也要說：「你是媽媽的左右手，怎麼可以做這種事。」我完全無法理解成為「左右手」這種東西到底算好事還是壞事。

理論上我要幫母親做許多事，但是真正在做的，最常做的，通常就是帶弟弟妹妹。主要是背大妹。母親忙的時候，就把不滿周歲的大妹用長布條綁在我背上。布條又寬又長，要在身上纏半天，之後在胸口打個超巨大蝴蝶結。眷村裡，胸前如果配備了這個超巨大蝴蝶結的孩子，不用懷疑，那一定是家裡的長子或長女。

成為「大」孩子，許多不相宜的事項之一便是聽故事。不是不可以聽，只是不宜「認真」的去聽。我們沒法像小小孩一樣坐在那裡，盯住說故事的人。眼睛發亮，隨故事情節表露心情的起伏。正確作法是「假裝」在做什麼事，然後聳起耳朵來聽。我多半在做功課的時候聽父親對弟妹講故事，因為要「假裝」自己沒在聽，所以也不好糾正他每次都把故事講到不知道哪一國去了。

現在想，他大約只是記不住自己講過了什麼，另外，對講故事也沒興趣。通常採取速戰速決法。而結束一個故事，沒有把人忽然變成另一種東西更簡單便利的了。

故事開頭總是有個人走在路上。他或許是樵夫，或許是農人，或許是小商販，也或許是個秀才；總之，這個人家裡很窮，家徒四壁，一無所有。

這個窮人在路上看到了一個田螺，就撿起來放到口袋裡。田螺想逃，從他口袋裡爬出來，落地時有個啪嗒一聲，所以會被這個人發現，他於是就撿起來，又放回口袋裡。並且開始罵田螺。他罵田螺的時候，田螺會跟他對話。

這個對話的部分，從來沒有相同過。田螺和人吵架，會吵出不可思議的句子出來。父親會編出很滑稽的對話，惹得我們大笑。如果「聽眾」太入戲，即興加幾句，老爸也會立即把這些話編進去繼續講。

田螺問窮人為什麼要抓自己，窮人說為了要把牠煮來吃。窮人會描述各種各樣烹調田螺的方式，一邊說一邊咂嘴。我們這些聽故事的人聽得直流口水。然後，田螺因為不願意被吃，就把窮人變成了青蛙。

偶時會出現加長版，那就變成青蛙和田螺成了好朋友的故事。他們一起經歷各種冒險。那冒險多半是因為某個人（這個人通常是聽故事的我們其中一名），在路上撿到了田螺和青蛙，於是準備把牠們煮來吃。然後田螺和青蛙就設法逃亡，跟「人」鬥智。

這故事從來說不完也永遠不曾結束。青蛙和田螺的冒險隨時可以結束，也隨時可以開始。真像無盡輪迴。

小時候聽故事和講故事總是會講到吃。彼時生活裡最主要的話題就是吃。如果大人要獎賞你，會多給你一份食物，要懲罰你，就不給你吃。因之，所謂成長，與其說是歲月的流逝，不如說是各種不同食物的編年史。以有沒有零食，和有沒有糕點來做界線。以吃食種類的繁複精緻來標示繁榮和成熟，以拒絕食物來標示更多的繁榮和熟成盡頭的衰老。小時候我沒聽過「零用錢」這種東西。所有的「錢」基本上都附帶了功能項目，例如「車票錢」，「學費」，「看醫生的錢」，「買衣服的錢」，「買鞋的錢」。這些錢都剋得死死的，跟單據上一模一樣，一分不多一分不少。我小時候公車票一張七毛錢。母親就會給來回路費一塊四毛錢。沒有什麼給兩塊錢讓你找回來這種事。

我念中學以後才有這種待遇。還小的時候，很不幸，一切都是免費的，上下學有交通車接送，吃飯老媽會做。要吃麥芽糖，就拿寫完的寫字簿和擠扁扁的牙膏去換。我母親大概不知道我的公車票錢從來都沒有「浪費」在公共汽車上。終於可以每天跟老媽領一塊四毛錢，當然絕不能傻得真拿去買車票。上學趕時間沒辦法，但是放學後我都走回家來，拿車票錢在路上買零食吃。吃了一年的蜜餞，水果，餅乾，大顆圓糖，泡泡糖。把我童年對於幼稚零嘴的渴望全部滿足之後，我升上二年級，便順理成章地讓自己的零食口味也升級，我開始吃布丁和蛋糕和小甜點。

那很長很長的路，從來不覺其遠，可能跟我總是忙著邊走邊吃有關係。既然是偷買的，當然得在到家前吃完。於是邊走邊吃。在邊走邊吃的世界裡，簡直就無法旁顧，每一個腳步都是配著零食進行的。而整條路途便夾帶著或酸或甜，或香美或鹹辣的滋味。而在那個講究禮數的年代，我從小被告誡邊走邊吃是不雅的，沒有教養的。但是迫於情勢，我必須邊走邊吃。於是在並非自覺的情況下，成為了某種叛逆者。

一直到現在，總還喜歡任何的邊走邊吃。喜歡夜市。在夜市裡你還能有別的吃東西的方式嗎？當然是邊走邊吃。於我，這件事有某種微妙的逆反意味。我之所以喜歡路邊攤，喜歡打香腸小攤販，喜歡車輪餅，喜歡鹽酥雞攤位，實在跟它們的味道沒有太大關係。我只是喜歡邊走邊吃而已。

痛與傷

我家一共五個孩子。這在當年只算普通。眷村裡一家動輒六七個，或更多，女人生孩子像母雞下蛋似的。

我是長女。身為那個時代的「頭一個孩子」，說老實話，沒有什麼福利。當年的所有長子長女，差不多上了五歲就要幫忙帶下頭的弟妹，男孩子也一樣。我們那時候一塊玩跳房子或打彈珠，背後都要背上一個礙事的小傢伙。爸媽來得個會生，幾乎每隔兩年就有個襁褓中的嬰兒會把腦袋擱在我們肩頭流口水。

現在回想，真是不明白那時候「武功」怎麼會那樣高強，背後那個嬰兒一點都不礙事。我們跑來跑去，跳來跳去，登高爬低，背上的小鬼就因著我們的動作搖頭晃腦，偶爾背帶綁得太鬆，還會直接了當在我們大動作閃避時給摔到不知哪個角落去了。這種時候，標準程式是：過去撿起小鬼，先搧他兩巴掌，止住他的哭聲，之後看誰正在吃零食，央他掰下一小塊來餵給那個正要張嘴繼續嚎哭的小惡魔。恩威並施之下，小鬼多半就不再會哭了，忙著吮口裡那塊難得的零嘴呢。之後把他重新綁上身，繼續搖晃奔跑，甚至又摔上個第二次第三次，他也絕無怨言。我們可從來沒聽說有哪個孩子摔成腦震盪的。

我們小時候可能構造比較不一樣，不但不容易腦震盪，好像也不怕痛。有些事是經常發生的，簡直就像成長儀式的一部分。例如總是有小孩子掉到廁所茅坑裡……我們那時候沒有抽水馬桶，大人小孩共用的「公共廁所」，便坑上的開口對小孩來說太大了。也比如總有小孩被狗咬，總有小孩從樹上掉下來，總有小孩騎單車撞倒圍牆，或摔下來。幼稚園裡幾乎每個禮拜都會有孩子被鞦韆打到腦袋，不然從溜滑梯上滾下來，或者被蹺蹺板打到屁股，都是些奇妙的災難。然而我們都耐得很，沒有人腦震盪，沒有人破傷風，沒有人得狂犬病。至少那時候，在我們年紀都小的時候，沒聽說過有人有這些問題。

村子裡有一家雙胞胎是出了名的愛打架，不但出去跟外人打，在家裡也成天開打，有點像把打架當娛樂似的。我猜那時候資訊不足，可能很多人以為打架是一種運動。不是武俠小說裡人人都成天打架嗎？

兩個人一路打到了十七八歲。有天大哥在家，聽到隔壁房間裡兩個弟弟又在打架，乒乒乓乓的，實在是鬧得他有點受不了，於是去敲門阻止。

一聽到敲門聲，房裡兩個人立刻安靜了。後來打開門，雖然雙方臉上身上都帶傷帶血，氣氛倒是一片祥和。老大訓斥兩句離開了。兩兄弟很得意。這是他們後來講給我聽的，差不多是二十年後。那老二說：好在老大沒訓話訓太久，否則會出事。

我問是出什麼事？你哥會打你們？

兩個人都鄙夷地挑起眉來：「那怎麼算事！」從小挨大哥打挨慣了，良心話，老大要是不打人，他們還要擔心「兄弟親情」轉淡了呢。

那，我問，你們怕什麼？

老三說：「怕撐不住。」因為兩兄弟光打架覺得不夠狠，後來就動起刀子來。老大敲門的時候，老三背上正插著把菜刀，不住滴血。老三覺得非常丟臉，要不是已經過了這麼多年，他是絕不肯講的。他說那時候他因為失血太厲害，覺得腿軟，要是大哥訓話久一點，他怕人就要厥過去了。昏厥可絕對是娘兒們才會發生的事。

我問：不痛嗎？

兩個人非常疑惑地看著我，好像我在請他們回答高深的物理問題。半天之後，老二非常權威地搖起腦袋來：「不會痛，那～怎麼會痛！」他絕不是在逞能，事實就是那樣，他被砍被殺的經驗也不比弟弟少。兩個人後來，理所當然的，都混了黑道。雖然老三後來背上縫了二十六針，並且有三個多月都得趴著睡，挨刀當時的確是不痛的。

痛是後來在醫院裡縫傷口的時候。說起這個，兩個人大笑起來。老二笑他弟弟喊得哭爹爹叫奶奶。人家據說還是打了麻醉針的。

那是不一樣的痛。老三說。被砍的痛是習慣了的，但是縫傷口的痛是新經歷的。

想來，在他們，痛楚也不過是經歷之一種，已被認知了的痛，便歸檔，不再造成困擾。會折磨他們的，是未知的痛，是未曾經歷的痛，是不曾學習過的痛。

我們家因為女孩子多，我下頭是弟弟，再下頭三個都是女孩，所以這類的「友愛」方式，其實是根本沒有的。弟弟因為是家裡唯一的男孩，從小就非常獨立，完全不肯跟「女人們」在一起。他只小我兩歲，不過從上幼稚園開始就獨來獨往，完全不肯跟家裡的「女生」有任何瓜葛。我母親到現在還會說起他：小小年紀，有時候全家人上街，他要一個人走。全家去看電影，他通常拿了自己的票就走掉，要等散場之後才到電影院外和全家人會合。

母親說這些當然是得意的，顯然弟弟的這行為是被定義為特立獨行，而不是怪癖。不過才八九歲的孩子，這樣不肯從眾不肯依賴的性格，也真不知道是怎麼養成的，或許是我爸媽無形中灌輸的。因為他是家裡唯一的男孩，要照顧其他人（女孩在過去被認定為是無法照顧自己的），長大了要照顧父母親。

我們家有出天才兒童的傳統。我們那年代要考初中聯考，所以小學五六年級時學校會辦模擬考試，每個禮拜考一次。弟弟連續兩年，每周都是全校第一名，所以級任導師相當激動地跑到家裡來，拍胸脯告訴我爸，一定要好好培養這孩子，他願意從薪水裡撥錢來負擔他讀大學，甚至留學的費用（這件事二十年後又發生一次，不過對象變成我當時才八歲的大兒子）。弟弟考聯考的時候，校長老師都認為本校終於可以出一個聯考狀元了。

但是弟弟沒考上狀元，連前十名都沒搭上。他的豐功偉業就在十一歲的時候終止，之後他成為普通人，念普通的學校，考普通的成績，有普通的叛逆，與普通的不規矩。他的光與影都停留在他的小學時代裡。

現在回想，與弟弟並不親近。他是男孩，我們是女孩，雖然是一家人，卻自然有界線。後來我父親過世，母親改嫁，因為繼父的住處地方不大，母親另外租了房子讓三個較大的孩子，就是我，弟弟，以及大妹，一起住。

有一天我在放學回家路上出了車禍。我自己回住處去，因為怕母親罵，根本就不敢回家找她。以前的父母見到孩子出事總是先開罵的。我在浴室裡洗身上的血，那時候弟弟也放學回來，聽到我在哭，過來看。我臉上有傷口，應該是摔倒的時候臉上磕到了，弟弟看見了說，我得去醫院。他那時候才十三歲，他說：

「你是女生，破了相嫁不出去。」

他帶我去醫院縫傷口。之後幾個禮拜，固定帶我回醫院去換藥。他在盡他身為家中男人的責任。

我的弟弟在四十二歲時過世了。我的臉上沒有傷口。甚至沒有那個可以回憶他紀念他的傷口。

姊妹

影星莎莎．嘉寶有個雙生姊妹，五十來歲那年，兩姊妹見面，另外那個顯然不修邊幅，所以嘉寶看著她，說道：「原來我的白頭髮已經這麼多了。」

我家裡四姊妹，因為都忙，其實很少見面。這次過母親節，算是全家團聚，雖然有歲數之差，但是人過了五十歲，好像相貌差距會縮小，總之看上去大家都長得差不多。妹妹們都是很虔誠的佛教徒，外貌素樸，唯一染了髮的只有我，看著大妹滿頭白髮，我那時也忍不住想：「哇，如果我不染頭髮，我大概就是這樣子。」

我母親是少年白。三十五歲時就白髮蒼蒼，母親因為長得很美，滿頭雲鬢的黑灰白夾雜，反倒有一種參差，類似現在的挑染。總之她那樣愛美的人，可是並不去染頭髮。一直到上了六十，頭髮雪白，才曾經染過一次，染成淺紫色，也非常好看，淡淡的氤氳，像襯托臉孔的光影，不像頭髮。

我們家四個女兒，不過我母親的美貌，和她那種愛美的性格，沒有傳給任何一個人。直截說來，就是我們沒有一個人像她。以前老覺得美女一定要生孩子，美貌基因不傳下去多可惜。現在知道基因是神祕的玩意，似乎有自主意志，不太聽「主人」（就是擁有基因的我們）的話，美女不一定生美女，反倒是相貌平凡的女人機會大的多。

或許就是因為母親這樣美貌，讓我們覺得美貌是容易的事情。似乎只要任何時候我們願意美麗的時候，也可以如同母親，三兩下便能把自己打點得齊齊整整，出了門亮光閃閃，路上行人都回頭看。我娘就是這樣，她六十歲的時候還讓人盯梢盯回家來。因為覺得要美麗很簡單，我們家女孩從來不把工夫花在這上頭。以前母親老要埋怨我們沒有一個喜歡打扮，害她那些漂亮衣服漂亮鞋子「後繼無人」。當時只覺得是因為升學壓力太重，忙念書都來不及了，還打扮。不過幾十年過去，現在看，那是根器的問題。是因為原就都不是塵世中的性格。

我們小時候其實信的是天主教。那時候眷村裡多數都信天主教，因為教堂裡會發奶粉，會贈送美援衣物。純粹是為了衣食去信它。結果長大了，全部變成佛教徒。買來的信仰是不可靠的。

雖然每次望彌撒都坐不住，神父講道的時候老打瞌睡，但是，我其實非常喜歡教堂。教堂地方大，我們自己家裡沒有這樣大的空間。教堂裡還有圖書室，雖然都是一些聖徒的故事，不過因為沒課外讀物，那些虔誠得不可思議的聖人們，整日只為了自己信仰不夠堅定而煩惱，然後就禁食，鞭笞自己，或者不眠不休地一直念經……既無奇情浪漫，又無冒險犯難的這些書，我居然也看得津津有味。只能說是當時懂得太少，任何一種不一樣的世界，就算是聖徒的只有虔誠而無七情六慾的世界，依舊吸引我。

教堂裡有聖像，聖母和耶穌，還有「天主」，都是外國人，塑得非常美麗。相貌秀麗的聖母，大鬍子的耶穌。聖母比祂兒子耶穌看上去年輕至少十歲。祂的臉孔是少女，而姿態是母性的，幾乎所有的聖母像都一樣。祂披著長長頭巾，垂到幾乎及地，目光平視，像冥想而不像在注視。雙臂張開，站立著，左膝半屈，於是從膝頭帶出往下摺垂的衣痕。我的美學啟蒙是從聖母瑪麗亞開始。那是標準規格的美，幾乎可以量化：幾公分長的眼睛，幾公分寬的唇，額頭和眼睛，鼻子和下巴的距離；以眼睛為分界，上半臉和下半臉的黃金比例……去教堂的時候，我會花很長時間去凝視祂，感受到那種均衡和完美帶給內心的平和感，而因為聖母的神聖形象，便覺得美必然是與純潔，神聖，善良，真誠與正直連結的。如果沒有那些，便沒有美。

八成是被那些聖徒們薰陶得過了頭，我似乎小時候很有些神聖性。大家坐在一起回憶往事，妹妹說小時候他們如果犯錯挨打，我都會跑去護住他們，「讓棍子落在我身上」。

這件事我沒有任何記憶，完全想像不出自己為什麼要做這種事。搞不好是我媽教的。我那時十歲不滿，實在不相信那種年紀能夠有這樣的德行。不過這件事的效果是，只要我出馬去「護弟妹」，我老爸立刻會收手。現在回想，很疑惑這是一個編排完整的詭計，一方面表現了我身為大姊的偉大，促進兄弟姊妹感情，另方面，父親也可以省些體力，打孩子也挺累的。

然後，因為我活生生地演出了「愛護弟妹」的戲碼，便又有一番「孝悌仁愛」的教導可以訓飭。

我父母的教育方式，現在回想起來，頗微妙。可能其中有無限苦心，但是其實非常戲劇性和孩子氣。當然，那時候，雖然為人父母，父親或母親都還很年輕，我母親三十出頭，父親剛過四十而已。拖著一大群孩子（我家裡五個），生活裡其實有許多不自覺的辦家家酒的氣氛。

那年代吃的東西很少，除了一日三餐，幾乎沒有點心零食。有一天父親不知從哪裡弄到了一個麵包，他帶回家來，讓五個孩子排排站，之後把麵包給我，然後問：「你該怎麼樣啊？」我，據說就毫無猶豫地把麵包「讓」給了我下頭的弟弟。而弟弟也一樣，問他「你該怎麼樣」的時候，他也非常懂事地把麵包又讓給了他下頭的大妹。而大妹，在老爸問「你該怎麼樣」的時候，她眼也不眨地做了其實我們每個人都真正想做的事。她把麵包塞進嘴裡，吧嗒吧嗒吃起來。我們太有教養了，沒有人來得及反應，眼睜睜看著她三口兩口把美食完全消滅，所有小孩都大哭起來。

這就是我們家的「一個麵包」的神話，跟我的「護妹」神話一樣，只要聚在一起，就會有人提出來讓大家回味。而大妹（她也快六十了），雖然學佛，理論上應該是不堅持我執的，但也跟過往的每一次一樣，拒絕承認她做過那樣的事。

大妹是非常滑稽的傢伙。從小口才就溜得一塌糊塗。她皈依證嚴法師，而據說因為非常會講笑話，所以每次吃飯，法師都喜歡把她叫去坐同一桌。小妹訓這個大自己四歲的姊姊：「你要改一改這個毛病。」我家么妹，雖然一直是最受寵的，但是從小就非常嚴肅，隨時隨刻一臉的忍辱負重，現在才明白是她天生就有這種修行者性格。她非常虔誠，覺得笑話基本上是一種「著染」，對修行不好。大妹馬上同意，但是說：「可是我講的不是黃色笑話耶，這也不行？」小妹說不行，大妹就說：「那我再講一個，講完這個就戒了。」

她嘻嘻哈哈開始講笑話。全桌都笑。

這個妹妹，給我發了 mail 說：「姊，看到你寄來的信，我們幾個妹妹的郵件地址上註明：『小瑤』、『小珊』、『小瑗』，忽然熱淚盈眶，因為很久沒人稱呼我小瑤了。」

她在吃飯的時候說起她每天必誦的一段經文，開始唱誦給我們聽，隨即淚流滿面。她一邊抹眼淚一邊笑，說她每次念誦時都會落淚，但是心裡非常快樂。

她在我們面前完全沒有年紀。

原來時光的作用是泯滅我們之間的所有差距的，不再有誰大誰小的分際。我們大約就跟我們看上去一樣，每個人都長得很像，一樣老，也一樣小。

我記得

小時候抱著我母親的腳睡覺。這是我記得的事之一。

全家睡在一張大床上。床上沒有我父親，他在金門駐防。母親帶著我們五個孩子。年紀在一歲到八歲之間。必定是每個孩子都需要她，所以母親在床上展開，用肢體形成一個大網，網住我們每一個人。我分攤到她腳邊的那一塊，每次睡覺，就抱著她的腳，好像那是一個獨立於她身體之外的東西，專屬於我。

我不知道我把母親的腳緊緊地抱在懷裡睡著的時候，她要如何伸展和移動，要如何翻身，如何轉側。而那時候，她是很難不在夜晚入眠時翻身轉側的。正逢八二三砲戰，我父親在金門。母親每天睡覺前會帶著我們念〈玫瑰經〉，向聖母瑪麗亞祈禱。那是我們當時僅知的，能夠護衛父親生命的方法。除了我，底下的弟妹念起押韻的經文幾乎都還口齒不清，但是母親依舊要我們全體跪坐，合掌仰望聖母像，口中喃喃發聲，用我們的純潔來代替虔誠。

然而，就算把丈夫的安危交託給了上天，不表示做妻子的能夠安心。母親想必有許多睡不著的夜晚。她大字攤著，把肢體分給所有孩子，瞪著黑暗中的天花板，因為不想弄醒孩子，所以也不能移動。那種不能有所作為，也無能於任何作為的狀態，必定曾經深深禁錮了母親的心。她選擇接受這狀態，但在接受的同時，也無法迴避那種自己永遠逃不掉的感覺吧。

後來父親平安回來了。直到逝世，一直留在家裡。父親在家的時候，母親便隱退，成為了模糊的，幾乎抽象的存在。

吃飯的時候，父親帶著我們五個孩子，占據整個餐桌，母親幾乎不上桌跟我們一起吃。雖然飯菜是她料理出來的，端上桌之後，她便站在門邊，帶著微笑，一抹飄忽的影子，幾乎不存在。我們很快忘了她，跟父親一起喧笑著，在飯桌上打鬧。很多年之後，我才明瞭母親不上桌的原因，她要等我們都吃飽了再吃。

我父親是存在感很強的人，他精力旺盛，聲音很大，動作很大。母親總說，他下班回家，一進村子口，家裡就能聽見他跟人招呼的聲音。他非常喜歡笑，「笑聲震天」，在家裡跟我們玩鬧時，時常會因為笑得太大聲引來鄰居抗議。不過通常情況是，抗議過了，對方也就坐下來跟我們一起吃飯，順便聽父親講笑話。他愛交朋友，家裡時常有朋友留宿，偶爾長住。在過去那種窮窘的環境，全家也不過三個房間，他居然曾經讓一位生病的朋友在家裡住了兩年多養病。

我父親在我十五歲時過世，記憶中的父親有兩個截然不同的面相，一個是童年時期，一個是他死前最後幾年。軍人的收入雖然微薄，基本上穩定，我上初中之後，父親退伍。生活開始充滿變數，那幾年的顛沛改變了他。

但是，在我十三歲以前，父親是個奇妙的人。我個性中的大而化之和不知天高地厚的樂觀，跟我的快樂童年有關。物質生活雖然缺乏，事實上我們很少理解自己缺乏，該有的好像都有。這個身為我父親的男人，現在回想，以他的軍人背景，他為人這樣不嚴肅，實在是破格的。

小時候的記憶，母親只要是不高興了，父親會耍小丑逗她，總是有辦法弄到她轉憂為笑。他跟我們孩子也有各式花招。小孩子吃飯一向是難題，尤其年紀小的孩子，村子裡有作母親的滿村追著孩子跑，連哄帶罵要小傢伙把飯吃完的。我們家沒這問題。吃飯的時候他會講笑話，或著掰故事騙我們多吃一點。有些菜大家不肯吃，他就宣布要玩一個吃菜比賽，看誰能吃最多。空閒的時候就帶我們玩，玩撲克牌，下棋，玩躲迷藏。關於躲迷藏，我覺得是他「休息」的方式。只要玩累了他就說來玩「躲矇矇」，小孩找地方躲起來之後，全家至少安靜半小時。從來沒有人被找到。我們在躲藏的地方等他，等許久，最後耐不住跑出來找他，總發現他自己去睡了。

他的教養方式，似乎也沒什麼章法。我們小時候，只要有人犯錯，就全體罰站，聽訓。往往聽到後來，有人邊站邊打瞌睡，他的訓話就不了了之。他花很長時間跟我們講話，打罵很少。據母親說他是斷掌，在軍隊裡打死過人，之後就不動手了。我幾乎沒有他發怒的印象。對我們的種種行為，他似乎總是好奇大過批判。大妹還記得一件事，那時候她大概六七歲。看見老爸的大衣掛在牆上，我們都知道老爸兜裡有錢。

我們那年代，孩子是沒有零用錢的，唯一有錢的「方法」就是趁父母不注意的時候偷拿。幾乎每個孩子都曾經做過偷錢小賊。我深信我父母知道這件事，但是他們從來沒有為此罰過我們。那或者是一種權宜之計，有五個孩子，如果有人開口要零用錢，為了公正，就必須給五份，但是如果某個小鬼自己去「弄」到的話，就只需要開支一份。事實上我們胃口也很小，多半也只敢拿個一毛兩毛而已。那年頭物價很低，我記得母親一天的菜錢是兩元。

大妹決定給自己偷一些零花錢。但是父親就坐在對面沙發上，正在看報紙。妹妹一走到大衣底下，他就察覺了，抬起頭來。

因為父親沒喝斥也沒阻止，大妹認為自己這個計畫還是可以執行的。她想出了一個「萬無一失」的方法，就是「假裝」自己沒有偷錢。她背對牆，眼盯盯看著父親，橫著身體移動，摸到衣服之後，她反背手掏出了錢，之後繼續橫向移動，離開現場。

長大以後回想，才知道父親不可能不知道他面前發生了什麼，但是他只是面無表情看著這一切，什麼話也沒說。事後也提都不提。他顯然是對於大妹的行為模式比對她的「罪行」更感興趣。

他多年都是帶兵官，抗日時和國共內戰時都上過戰場。小腿肚裡還留了一顆子彈。他的部屬都是些異常忠厚老實的人。每年過年，總有老部屬來看他，圍一桌吃飯。還記得有個潘叔叔，他非常儉省，聽說每個月薪水只花零頭。到哪裡都是靠兩條腿，後來他搬到新化，每個月都來看父親，來時要走路走五六個小時，回去又是五六個小時。他來總是會帶水果給我們吃，不多，不過對他這樣不肯花錢的人，這是大禮了。夏天天熱，他提手上走在大太陽下，到我們家的時候，水果往往全餿了。不過父親總還是收下，並且留他吃飯。

他帶兵並不嚴厲，聽說是出了名的護下屬，所以始終跟長官處不來。套我母親的話，是「能處下不能處上」。部下犯了任何事他幾乎都可以原諒，就像他看大妹偷錢這件事，或許他理解那些農民出身的老兵們，骨子裡依舊是孩童。雖然上戰場，來到都市裡，心依舊在泥土和大地上。

在我能夠懂得他之前他就過世了。

着村

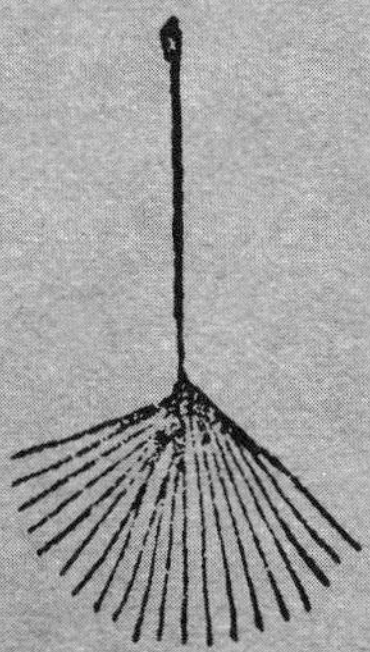

在塞爾維亞

那部電影叫《在塞爾維亞城中》。城的名字並不是塞爾維亞。塞爾維亞是女人的名字，男人在這裡遇見塞爾維亞。多年之後回來找她，城裡似乎每個地方都有塞爾維亞。追憶使這城市成了塞爾維亞的城。

所有的追憶都能把某個地方化成我們自己獨有的塞爾維亞。它的版圖由眷念的深淺來界定，而且，跟地圖上完全不一樣。在我，我的塞爾維亞，我成長和居住的小小眷村，毫無疑問，是在整個城市的中心，世界從這裡開始。

這個小小的，不過四十戶的小村，要出去或進來，只有兩條路，但是，兩條路就夠了。分別躺在眷村的東，和西方。這兩條路，一條大，一條小。大的路很寬，直通大馬路上。在村口和馬路交界處，蓋了兩個四四方方的水泥柱子，大約兩公尺高，柱子的四面嵌著細小石粒，摸上去有輕微的凹凸。在一律的，光滑的，糊著白色泥灰，沒有意見的眷村建築裡，以這微小的不平整彰示它地位的突出。這是我們眷村的大門，上面刻著眷村的名字。有落款，表示那個刻出來的字是誰的手筆。

我們認識世界的第一步就是這座門。接送我們上學的交通車會開進來，把車子裝滿之後再開出去。念小學的孩子全都裝在這一輛車上，從一年級到六年級。大概就二十來名上下。我們的眷村真的很小。每個月發油發米發眷糧的卡車也從這裡進來。發眷糧的卡車比較大，有時來兩車，一車發米發麵粉，一車發油。車上好幾個大油桶。圓滾滾，俱都漆黑，油光光的。大家都自備油瓶，交了糧票，士官長把漏斗塞進瓶口，從油桶裡撈油出來滴入漏斗。

這兩輛車在發眷糧的時候，成為某種流動鄉野小店。他們是整年做這些事的，每天到不同的眷村，發放米，麵粉，玉米粉，發放副食費，以及油。發油的士官長坐在矮凳上打油，雖然穿著軍服，但是他們把褲管捲起來，軍裝袖子擼到手肘上，帽子或戴或不戴。米麵是固定包裝的，但是油，並沒有一臺秤在旁邊證明斤兩，完全靠士官長自由心證。在不同的眷村裡遊走，坐在卡車上，面對地面上的人們。居高臨下（無論地位或真正的位置都是）把整個月的生存許可發放給向他伸長了手索求的人們。在那短短的時間裡，他代理上帝的業務；大家需要他，並且期望自己得到的能夠比其他人要多一點。

那裡頭或許有些故事。他會按照對象的美或醜，或者是不是觸動了自己心房某些柔軟之處，也或許只是忽然想做點好事，他會稍稍，在把油滴入漏斗時放寬一點，讓這個人的油瓶裡比其他人多那麼一點點。很難看出來的，但是施予的和接受的人明白，兩個人對瞄一眼，在大庭廣眾間交換祕密。下次領油時他會在人群中找尋她，而她會特為穿上好衣裳，梳順了頭髮，或許稍稍抹一點口紅，再擦掉，不能太明顯。之後兩眼發亮地站在人群中看著他。一個月一次，不需要更多了。只要一個月一次，在人群裡彼此對視，二十秒或三十秒。那一整個月便因此豐富起來。可以如同糧食一般，慢慢咀嚼，一天三次，每次烹調或進食時，那個祕密便被提醒一次，被咀嚼。從喉頭，滑過呼吸的位置，滑過心的位置，進入胃裡。或許不必要發生更多的事。太難了。整個世界像透明的，每個人認識每個人，大家都很閒，有任何異常全世界都知道。所以就只能看一眼，也只需要看一眼。

我們有時候忘記，當年隨著蔣中正來臺的那八十萬大軍，以及他們的眷屬，多數都很年輕。我母親來臺時才二十一歲。現在被我們叫做「老芋仔」的那些人，過海來到他們永遠回不去的異地之時，不過二十出頭，有人甚至剛滿十八歲。我相信，在那時候，年輕的男人，年輕的女人，那裡頭或許是有些故事的。

眷村沒有圍牆，但是四周有水田，有廣袤的竹林。水田低，竹林則往上爬，遍植在山坡上。這裡不算山，頂多只是較村外頭的大馬路要高一點的隆起。邊界止於一長溜往下深陷的地面。從竹藪叢旁直落落陷下去，沒法知道那有多深，卻在陷口的邊沿快樂地長滿了水薑花，又高又大，巨大的葉叢，巨大的花，碎碎的柔細的花瓣，似是半成品，似是花朵還沒決定要讓自己長成怎樣：是要肥大一些讓花萼包住如同白色火把，還是要弱細一點，縹緲一點，等風吹過來便展翅飛去。水薑花是猶疑的花，一直到凋謝為止，始終在留與走之間徘徊。於是很容易便疲憊了。

村子的那條小路，應該不是計畫中的。沒鋪柏油或石塊，也沒有木板橫著。只是在小草和野花之間，一條窄窄的，野生植物被踩扁到陷進泥土裡的小徑。春夏時總還有些不信邪的野草繼續蔓生，爬伏在地面上，隨之被踩扁，踩平踩爛，枯萎成黃色和灰色。夏日多雨的時候積水，黃濁的帶了泥水的地面，有時候會浮著蚯蚓屍體，秋冬季就變寬變大，因為野草都死了，枯弱的白色蔓藤橫在地面上，壓擠在泥土中，用絕望的姿態宣告放棄與人爭地。

我總是喜歡走這條小路。應該是時常有人走的，否則地面不可能踩成那樣平，不過記憶裡，我從來都是一個人走。靠村子的一邊完全讓竹林封閉圍繞，但是另一邊就是遍山遍野的野薑花。每次走這段路，都是一個人，前頭沒有前行者，後面沒有跟隨的人。小路非常清靜。並不長，由於周遭的環境，會覺得那條路不屬於我們村子，雖然它是通往那裡的。有很長一段時間，這條路沒有燈，只有月光和星光。在夜裡從這裡走，遍山遍野野薑花看著你，那模糊的，在黑暗中失去邊界的白色花身，非常遠又非常近。我便在那種似乎是威脅又似乎是保護的注視中走回家。腦袋裡胡思亂想，想像著花朵們在竊竊私語，商量著要把我當成什麼，要對我友善或者懲罰我，想像著身後有花魂跟隨，霧和紗似的飄來飄去。等我返家入睡之後，便以辛甜的香氣襲擊我，或貫穿我。

我一向怕黑。但是那條小路上，因為野薑花，從來就黑得不徹底。到後來裝上路燈，野薑花就消失在燈光範圍之外的黑暗中，什麼都看不見了。那整片黑暗與全世界的夜連結，也與所有黑夜的故事連結，恐怖的，悲慘的，應該畏懼和躲避的；那些讓人說了又說的故事，讓我喪失了想像力。

我的童年可能就是那時候消失的。

我們的時代

在我小的時候，我和哥白尼時代的人一樣；相信世界是平的，地球是一個大平面，無限大——差不多一百平方公尺，全世界的人住在上面。

這個世界上有我家，有大毛家（二毛三毛小毛也住在他家），大寶家（二寶三寶小寶也住在他家）；ㄚ頭家，小妹家，臺生家，海燕家……還有我在學校認識的那些同學：有頭皮剃得精光發白的林火旺，留著西瓜皮頭的賴麗娟，白上衣上總是綴著漂亮的花邊領口的顏美里，時常打著赤腳滿臉鼻涕的楊民雄……他們的家；還有學校、幼稚園、軍營、教堂、電影院、賣零食的小吃店；以及這之外的地方——我從未見過，但是我知道它一定存在；因為常時有人從這些地方回來，或者帶來一些與這些地方有關的一些東西。

這種地方叫做「委託行」、「派出所」、叫做「西點麵包店」、叫做「館子」……啊那都是離我們的生活距離非常遙遠的地方，我從來不曾在我的世界裡看過它。因此，我總想像它是像星星一樣，發著亮，懸掛在天空上，一顆一顆……最亮的應當是「委託行」，因為母親說這裡的東西都是從外國來的；最低最矮的就是「蛋糕店」，它的位置最接近太陽，當早晨太陽出現的時候，往往會烘烤著它；這是為什麼全世界在早上總是充滿著一種烘烘的燥燥的，無法形容的香味。

在我小的時候，我相信整個世界像一個蹺蹺板，天亮的時候我們往上升，那一些掛在星星上的地方往下降，往下沉，隱藏在地底下。小時聽大人談到「美國」，我們問「美國」在哪裡？大人說：「在地球的另一邊。」我因此相信：在夜晚，我們全都睡著的時候，美國會升到天空上，高高懸著，發出光亮。

在我小的時候，我相信世界上有許多人，無限多——差不多一百人。包括我們村裡全部人；包括我的學校裡同學老師校長校工；還有校門外雜貨店的老闆夫婦，放學時在大門口賣棉花糖的老頭。也包括上下學時看到的坐著軍用車的阿兵哥：他們總是飛快地向前行駛，在車屁股後頭留下一團黃沙。我想像他們在開到世界邊緣時便會塵土般紛紛跌落，墜入空無。這就是為什麼不可以開快車，以及軍人很容易死亡的理由。

啊在那時候，我雖然年紀不大，但是我所有事都了解，所有事都明白：哪些事該做，哪些事不可以。世界是單純、秩序、有黑、有白、賞罰分明的。人生最艱難的事體不外是早晨上學的時候說服父母相信你突然得了絕症，以及在外冶遊時設法混到一個恰到好處的時刻：不至於早得根本沒玩到，也不會晚得沒法有不會挨罵的理由。

學校之為物，我深信沒有任何一個兒童喜歡，今昔皆然；不過，在我小的時候，沒有任何孩子敢抗議這件事，不，我們連這念頭都不敢有。在全世界的每一個早晨，所有的孩子哀愁地起床，哀愁地穿衣穿鞋：努力用扣錯釦子繫錯鞋帶來表白自己的智商實在不足以擔當上學的重任，然而花費八小時的努力卻通常讓老媽在半秒內邊斥罵邊破壞掉。之後花千分之一秒解決早餐（在我小的時候，

「吃」等於「速度」，或者「速度」等於「吃」，你不夠快就吃不到），之後，哀愁地、邁、向、學校。

學校教育從圍牆開始。在我小的時候，所有的建物都板著臉孔：我們沿著「不可隨地大小便」的磚牆，經過「保密防諜人人有責」和「打倒萬惡共匪、收復錦繡河山」，一直走到「守秩序、愛清潔、有禮貌」，到達「禮義廉恥、請整肅儀容」的鏡子；進教室之前，米白的山牆上中氣十足地告誡：「實踐新生活運動」。等進了教室，國父和蔣中正在牆上瞪著你，叫你「肅敬」。你把屁股挪進課椅之前，哀愁地和黑板對看一眼，板上那密密麻麻的作業，顯然是為了讓級任導師可以在上課之前先去市場買一趟菜之用。我們坐下來抄寫，否則無事可做；而且寫完了的筆記本才可以幫助母親拿去換麥芽糖，以貼補家用。我們很小就懂得了「兒童是未來主人翁」，因為，很顯然，現在不是。

每個大人都可以教訓你。在村裡頭，隨便哪一個小寶大毛的媽都可以把你叫過去：「喂，小鬼！」（你看她連你的名字都不知道）把五毛錢交給你：「去買一瓶醬油，找零錢回來，不聽話的話我叫你媽揍你！」

到雜貨店買個大圓糖，老闆娘一定先問：「小鬼，你哪裡來的錢？偷拿的話，我告訴你老師喔。」在我們的時代，小孩身上不作興有錢，你還沒開口說這錢是撿到的（否則你只好承認是在爸爸褲口袋裡摸的），她已經開口高喊：「劉太太，你去喊一下張太太，叫她問一下袁太太，她大丫頭怎麼會有一毛錢在身上？」我很早就明白，滿十八歲以前（更可能是滿八十歲以前），沒有父母親陪著，你連一顆花生米也買不到，你會餓死！這是為什麼我們只好孝順父母，沒有他們，你什麼也弄不到，哪兒也去不了。

你做任何事都有人打擾，上公共廁所，如果每一間都有人，會有個胖媽媽拉開你這間說：「小鬼，我跟你一起上。」就滿滿地擠到背後，把尿撒在你屁股和褲子上。洗澡的時候多半在院子裡，另半邊的叔叔伯伯媽媽阿姨邊閒聊天用扇子打蚊子一邊品論：「哎呀袁太太，你女兒肚子這麼大，不要是肚子裡有蛔蟲吧！」

男孩子洗淨了光著屁股經過他們面前時，多少總要被抓兩把。小孩們在十歲以前不是光著上身，就是光著下身，上身一直光到頭頂（我們用是不是光頭來分辨男孩女孩），下身則一直光到腳底（鞋子是通貨，不但要兄終弟及，還時常各家流通，所以絕對不合腳，以不穿為宜）。這群差不多高矮，差不多胖瘦，分不大出相貌，又分不大出男女的孩子，每一家都有四五個，又一律叫做大毛二毛三毛（或者叫做大毛頭二毛頭三毛頭），每一個村子裡都有大明小明、大雄小雄、臺生慶生、大龍小虎、大鵬小燕……

這就是我們的時代，兒童們出生在戰地，出生在流亡的路上；出生在遠僻的鄉間，產婆的雙手中；出生在野戰醫院，醫護士捧過步槍的胸懷裡。人人都一無所有，有的只是孩子和生養孩子的能力；孩子是他們的財產，也是他們的負擔，是他們的未來，也是他們的現在，是他們的夢想所繫，又是他們的現實所依。在我們的時代：做父母的人沒有對象去學習如何為父為母，做夫妻的無人指導生活相處夫妻之道，所有的家庭都是憑空落地，一切事情在茫然中學習，彼此在摸索中成長。在我們的時代，許多大人也只是大一號的孩子，他們愛孩子而不懂得愛孩子的方法，他們生養子女而不明白如何生養子女，他們無可選擇地投入了另一個人生，活著他們不預備活的生活，付著他們不再想及的代價，要著他們從未獲得的夢想，他們乖昧地活著，又同樣乖昧地死去。

野餐

那應該是夏季，也或許還是春天，總之天候已經轉暖了，大家都穿短袖。一起去野餐的有五家人。人多才好請學校裡派車。共是六個大人十九個孩子，年紀從三歲到十五歲不等。五家裡，就有五個男主人不願意跟著去。多出來的那一名大人，是馬媽媽的妹妹，三十多了沒出嫁，馬媽媽勸她一塊去野餐，說：「不一定碰上什麼人呢。」

男人們知道只要把太太孩子們送走，就可以有一整天的安生日子好過，都非常勤快地幫著抬野餐要用的東西，包括食物，餐具，塑膠桌布，遮陽帽遮陽傘雨傘尿片奶瓶衛生紙小孩的雞公車，蚊帳碗罩小孩馬桶……為什麼連小孩馬桶也要帶，沒人知道，反正車子大，他們只負責搬上去，不負責拿下來以及搬來搬去，所以有求必應，只要有人說要帶這個那個，就全帶上了。

我爹之所以堅決不去野餐，堅決到索性在星期天給自己安排加班，是因為，照他的說法：「那種婆婆媽媽玩意。」言下之意，所謂的野餐，雖然聽上去很時髦，其實不過是太太們搞的「大人家家酒」。其他幾家的孩子的爹，雖然各有不同義正辭嚴的拒絕理由，意思一樣，都覺得搞個野餐什麼的，太可笑了。中國人野什麼餐，野野野，聽上去就不大正道。

野餐的點子是馬媽媽提出來的。馬媽媽家裡就兩個孩子，馬爸爸會賺錢，除了砲校裡教書，還在其他大學裡兼課。既有錢又有閒，於是跑去大街上學做西點，全村只有她家裡，擺設得像電影裡一樣，有大沙發，桌巾桌布，小茶几上還放著報紙雜誌。

因為學做西點，大約也學了其他的什麼洋派事體，正逢春日，於是就邀大家一起去野餐，「像外國電影上那樣」。大家都覺得要時髦成那樣子，似乎有些超過了，沒幾家願意參加。最後同意加入的，是因為馬媽媽說她包辦全部食物，表示可以省一天的菜錢，另外，帶孩子見見世面也好，不能活了一輩子，連野餐是個怎麼回事都說不上來。至少我媽是抱著生活教育的遠見同意參加的。

男人好像跟野餐這檔事有仇，連三歲的男人也一樣。趙家的小偉就哭得沒命似的，在眷村裡，孩子哭起來都得全力以赴，否則大人不會理你。小偉哭天搶地，直著喉嚨嚷：「我不要去我不要去我不要～～～，嗚哇，媽媽呀媽媽呀……」

他哭起來習慣了喊娘，忘記了要他去野餐的元凶正是他母親。趙媽媽就扭了他耳朵說：「還哭還哭，帶你去玩呢。這麼上不了臺盤，想挨揍你！」小偉立時識時務地改哭喊：「爸爸！爸爸！爸爸呀！我不要去我不要去～～」

他哭得肝腸寸斷如喪考妣十分哀慘，比他大不幾歲的馬家小兒子，四歲，周家老三，七歲，吳家老六，五歲，看他哭得熱鬧，也一起跟進，稀里嘩啦哭成一團，一律邊哭邊喊：「爸爸爸爸，爸爸呀！」不管他們喊的爸爸有幾位並不在現場。吳伯伯老神在在全不受影響，笑嘻嘻對旁邊看熱鬧的人說：「我們家老六嗓門就是大！」馬阿姨說：「瞧這些小鬼哭的，既然捨不得他爸爸，都留在家裡算了。」

這個建議嚴重，馬上做父親的都來安撫小孩了，能打的打能罵的罵能恐嚇的恐嚇。小偉他爹用的是逆勢操作，大聲說：「趙小偉！你要敢留在家裡，我罰你跪一整天，還不給吃飯！」小偉不怕這個，繼續哭。他媽媽咬牙切齒說：「你哭你哭！等下半路上把你扔到馬路邊，讓拐小孩的把你撿去賣給外國人。」

還是做娘的了解孩子，小偉馬上滴滴答答停了哭，八成是想到了在教堂裡看到的外國人畫像。小胖孩在天上飛，大人就釘在十字架上。無論是飛在天上或釘在十字架上，小偉都沒興趣，也沒這本事，想想還是安分做中國人好。

軍方派了大卡車來。隨車的士官長看到了路邊等候的一大群人和一大群東西，眼睛都快瞪掉下來了。他一路喊：「放不下放不下。」媽媽們回答：「沒問題沒問題！」非常訓練有素地搶位子塞東西，在士官長的牢騷還沒發完之前擠上了車，一切都擠上了車，包括大人孩子食物飲水用具……一切的一切。之後大卡車就發動，搖搖擺擺地帶著我們這一車複雜的組合去野餐了。

在車上，因為車行搖晃，一大鍋玉米湯開始發散出濃濃的香味。我左邊放著一整箱的肉醬罐頭，右邊有十來條長長的外國麵包，據說叫做「土司」，早已分切成一片一片，另外地面上擱著一大籮筐橘子香蕉，還有兩個大西瓜……坐在這許多食物中間，聞著奇妙的奶油香，讓人沒來由地十分快樂。有幾個小的嚷著肚子餓了，但是大人不准吃，說：「急什麼！馬上就到了！」

不過這「馬上」也足足花了一小時多。其間趙小偉又嚷著說要尿尿，於是趙媽媽請後頭的人把馬桶遞過來，看來帶小孩馬桶的確是真知灼見。不過把馬桶裡的尿往車外頭倒的時候，因為車行風速的關係，至少有一半給潑回後座的大人小孩身上，趙媽媽先發制人，說：「童子尿，不髒不髒。」我媽立刻叮囑我們家小孩，再怎麼尿急都得憋著，等到了目的地再說。

因為車裡孩子們，或許太餓，也或許在憋尿，有點躁動不安，眼看又要開始哭泣大合唱，於是馬媽媽提議大家來唱歌。這時候適合唱的當然是外國歌，但是大家實在沒會幾條外國歌，馬媽媽睿智地選唱了大家都會的「善哉萬福瑪麗亞」。每周上教堂都要唱的。於是一片祥和，大家都開始歌頌起天上的外國聖母。嚴格說起來，這歌的歌詞是中國話，但是一來那是外國歌，肯定是外國歌，有人在馬媽媽家聽過洋文的，二來是要唱「A-B-C-D-E-F-G-，H-I-J-K-L-M-N-」太可笑了，雖然後面那首英文字比較多，而且大家也都在教堂裡的讀經課上學唱過。

終於到了目的地，果然和電影上一樣，有草地，有花，有樹，還有一片大湖。除了我們這一行，沒有任何遊人。只有遠處山上一棟大房子，幾個穿著便服的男人在門口走來走去。聽說這裡是軍事管制區，閒雜人等莫入，所以不是有點關係還來不了的。

大家把吃的喝的洋洋灑灑地都搬了下來。馬阿姨研究一頓，發現她野餐的「目的」實在太遙遠，那些「什麼人」連五官都看不清，退而求其次，跟隨車的士官長和司機開始聊起來。士官長太老，開車的充員兵又太小，不過至少比那些毛孩子是個男人。她教他們如何把肉醬抹在土司上，對半一折，配著汽水吃。

雖然只是往土司上抹肉醬的簡單動作，但是伸手要吃的孩子川流不息，也不得不講究效率，媽媽們自動形成了生產線，盛玉米湯的，倒汽水的，塗「三明治」的……馬媽媽在西點教室裡學的「三明治」，顯然和我們吃的這一種相去甚遠，怎麼看都跟「三」牽不上邊。趙媽媽邊把土司對折，邊說：「就這麼一片，怎麼說都是『一』明治，真不知道這些外國人怎麼取名字的。」

不到中午十二點，馬媽媽就發現她準備的食物已經一掃而空，順便還遺失了幾份餐具，筷子叉子，究竟是吃下去了還是弄丟了或是被偷了很可懷疑。她原先是算計了中午一餐，晚上一餐，還有一份下午茶，再也沒料到孩子們果然是洪水猛獸，吃起東西來跟鬧八七水災差不多。

既然東西全吃光了，大家都待不下去了。於是打道回府。

回到了眷村，不過下午一點，先生們的麻將還沒打完八圈。外國人的玩意果然是不適合我們的。

世界末日

我小時候經歷過世界末日。這不是比較性或是形容的說法。是真正的「世界末日」，一切會毀滅，消失，一覺醒來整個世界不復存在那種。

消息是從哪裡來的，不知道，不過也不重要。我小時候全村才只一兩家有收音機。電視機和冰箱要十年後才出現，電腦要二十年後才出現。我們那時以為電話跟電報的作用差不多，是專門來報壞消息的。只有村長家有一臺，而且是要遇到天大的事，才可以去跟他借來用。

所以，可想而知，我們生活裡或生活外，也就是我們概念之外的「世界」，傳遞消息最普遍的方式便是「我聽見有人說」。

那時候，我們坐在放學後的交通車上。眷村裡，孩子們上學下學，軍方都派交通車接送。那種六輪大卡車。四周圍著草綠色帆布蓬，除了靠邊兩排固定座位，中間還有一長條板凳座。主要乘客是孩子，年歲在四歲到十一歲之間，從來沒有任何人高到可以夠到頂棚的架子來穩住自己，所以，只要車子開動，那些沒攤到座位的人便隨車行晃動，往左壓那些坐到了左邊座位的人，往右，壓那些坐到中間板凳上的人。因為板凳不是固定的，車行中途，整條板凳被壓翻，所有人摔下來的事情常有。其他的人就不客氣地馬上去搶板凳座，之後車子裡便充滿了那種：「我的位子還我！」「這才不是你的，公家的位子誰看到誰坐！」「我要去告你媽你推人！」「我叫我爸去找你爸算賬！」……之類的話。最神妙的是每次經過轉彎路口，一個急煞車，往往便立時山河變色，中間板凳掀翻，站著的人便又搶回了自己的座位，但是那種「我要告你媽」、「位子還來」的吵鬧還是會出現，有時甚至會動拳頭抓頭髮，比較小奸小惡的便挖出鼻屎抹在對方的臉上。

只有這時，管理我們的隨車士官長，我記得他叫鄭科學，才會出面干涉。鄭科學生得精悍短小，面色黧黑，笑嘻嘻的一張倒三角臉，下巴上有一顆帶毛的痣。他對他那顆毛痣非常看重，心情好的時候，會摸著痣上的長毛告訴我們那顆痣是主貴的，痣上生毛更是貴上加貴。

我們覺得他非常老，起碼一百歲。完全是另一個星球上的人。沒有人想要更了解他，他有點像那臺交通車的附件，有車子就有他。他從來不生病不請假，永遠在。我上中學之後（中學生軍方不負責接送），他又繼續接送了十多年。他的人生裡，有很大的一塊是早晚兩次的接送，跟一群小鬼窩在軍用卡車裡，天熱的時候車廂裡充滿了孩子們的奶臭汗味，冷天，還是充滿了奶臭汗味，任何季節裡，孩子們都還是可以把自己弄得滿身臭汗。冬天更糟，因為他們還會把外套脫下來亂丟，下車回家前，往往還要找外套找一陣子。

鄭科學喜歡在隨車的時候唱歌。車子開著，他會一手抓著車門扶梯，一手伸向車外，舞臺動作，歌聲便隨風飄去。我們都覺得他很三八。他唱歌的時候我們裝沒聽見。但是小孩子搶位置打架顯然會干擾他的興致，他會突然停下來，凶神惡煞地挑起眉來，喊那些打鬧的孩子的名字，他認識他車上每個孩子：「不准鬧啦，再鬧我告訴校長！」他說的校長不是我們學校校長，那沒用，他說的是砲兵學校校長，我們的眷村是附屬於砲兵學校的。我們的父親都是砲兵學校裡的教官或僱員。去告訴校長那很嚴重的。不過偶爾也有去告訴校長依舊有人沒反應的時候，那時候他就會：「再鬧我去找砲兵總司令。」我們都相信他和三軍總司令關係密切，可以指揮三軍總司令把我們的父親免職。

總之他是介於上帝和惡魔之間的人物。坐在交通車上的時候，我們的命運歸他管，等下了交通車，他便不再存在，也像上帝或魔鬼。那時，我們在交通車上，有人吵架有人打架，有人推擠，高個子會用拳頭敲矮個子的腦袋，純粹因為無聊。我旁邊的六毛（他家裡生了八個，他排行第六）拚命搓他身上的污垢，很仔細地搓成泥泥黑黑的，兩端細中間胖的一長條，邊說：「世界末日要到了。」他不是在跟我說，我們那時男生不和女生說話。他在告訴我弟。我弟就問他：「真的世界末日？」

真的真的他說。他是怎麼知道的？別人說的。那世界末日是什麼時候呢？他給了確切的日期：「禮拜天晚上十二點。」

我們有一點被欺騙的感受，不是因為不相信世界末日，而是覺得老天不該

「使用」我們的假日，為什麼不安排在禮拜一呢，那就可以不用上學了。

總之別人有沒有聽見我不知道，因為車子裡還是鬧烘烘的。不過六毛，我弟和我是知道的了。交通車把我們送到家之後，孩子們像扔了一地的銅板一般四下滾開。我們在回家路上把這訊息又傳播了一下。告訴了跟我們要好的幾個小孩。之後，第二天我們在學校討論這件事。

沒有人知道「世界末日」會是什麼樣子。我們都沒超過十歲，對這個世界，最恐怖的認識不過是殭屍片和吸血鬼。我們覺得非常恐怖，不是因為世界末日，是因為會變成殭屍和吸血鬼。毛妹哭起來。她是六毛的妹妹，因為世界末日之後想必留下的活口不會多，再拘泥於男女不對話，那可能就沒有人可以說話了。所以毛妹就抓住我弟說：「我不想變成吸血鬼，我媽會用大木頭釘我的心臟。」我弟安慰她：「你放心，那時候你媽已經死了。」

我們討論了一下比較願意變殭屍還是變吸血鬼，都有些莫可奈何，因為兩種都有缺點：吸血鬼要躺在浴缸裡（電影上看來的），但是沒有一家有那種外國浴缸。而殭屍要蹦蹦跳，我們都被老師那樣罰過，知道只能用那種方式移動，絕對會把我們累得活不下去。

大家都覺得世界末日太糟了。

之後幾天的討論中，我們又陸續收集了一些資訊。據說世界末日的時候會山崩地裂。我們那裡沒有山，需要擔心的只有地裂。所以我們決定要大家綁在一塊，這樣地裂的時候，一個人如果掉下去，另一個人可以拉住他。

我們沒有告訴大人。孩子們都很明白任何事也別跟大人講。第一，他們不會相信，第二，不管什麼事，只要扯到大人，最後都會被打一頓。所以我們默默地等待，和準備著。奇怪的就是，我們相信全世界會毀滅，卻又同時相信，因為我們知道這個訊息，因此我們可以倖存。

因為我們將是唯一的存活者，所以，說實話，害怕的情緒不大。只覺得一種刺激和冒險。而且，當世界毀滅，想必可以解決許多事情，不會有父母和老師來逼我們念書，做功課。約束我們什麼時候起床什麼時候睡覺。另外，我們可以得到雜貨店裡所有的糖果零食，世界毀滅的時候，一定會把雜貨店老闆和師長以及父母一起消滅掉的。

現在回想，世界末日前的那幾天，對我們這群小人兒，可能是充滿希望和可能性的，我們都知道世界末日之後我們就可以自由。

但是，結果並沒有世界末日。

涼阿涼

至少有二十年沒住過三樓以下的房子，幾乎忘記了住一樓會多麼吵。現在的住處，因為三樓是鐵皮屋加蓋，樓上和樓下溫差極大，每次從一樓到三樓，或從三樓到一樓，就像在季節裡縱走。上樓是由秋到夏，一步步走入熱帶，樓梯間裡熱氣烘烘然。相反的，下樓來，則一步一清涼，在這樣的夏天，獨獨下樓的動作就可以讓人感覺幸福。

我多半在樓下寫稿。這天寫稿時，聽到窗外有人吵架。一男一女，聽上去像情侶或夫妻吵架，因為那女人一直在說：你最偉大，我們配不上你。整條街就是你最偉大啦。男人就說：「我說過我偉大嗎？我哪裡偉大，不要牽拖，大家都一樣啦。」我沒想到這條窄巷子裡住的人會這樣有理想有抱負，居然以「偉大」為爭吵的「關鍵語」，只不過「偉大」在此似乎意義不那麼偉大，因為男方極力否認，女方卻咬死不放。兩人努力給對方扔「偉大」帽子，爭吵近半小時，我後來終於厭煩，及好奇，覺得夫妻吵架的話可以發揮的內容太多了，這兩個人怎麼語彙這樣貧乏呀，偷偷跑到二樓去開窗偷看（一樓的話太明顯了），發現兩旁鄰居比我大方，俱都開了半窗或半門，雖然看不到「窗上偷窺的人影」，不過我們這裡，無論熱到如何，大家都是門窗緊閉的，所以推測，除了要看吵架雙方之外，沒什麼理由會半開門（及窗）。

吵架的不是夫妻，是鄰居，一男一女，相距還頗遠，於是「遙遙相罵」，難怪聲音那麼大，至於彼此之間是發生了什麼使得「偉大」成為貶詞的事體，大概因為偷看的人太多，雙方家人沒讓兩個人繼續吵下去，因此就沒聽到「完結篇」，有點可惜。

天實在是熱，但是家家戶戶還是把門關著。巷子很窄，對門兩戶就兩公尺距離，不但「雞犬相聞」，偶爾開門，家裡頭什麼擺設，居家什麼服裝，正在幹麼，一瞥便全收入眼底。可能因為這樣，家家戶戶都關起門來，有冷氣的往巷子裡噴熱氣，沒冷氣的，則自己躲在家裡，讓喜歡胡思亂想的人猜測他們用什麼法子消暑，如果家裡沒有兒童，或者全是兒童，可能就一起光溜溜地過原始人生活吧。夏天適合裸體，其實不必非得到海灘去。

以前眷村裡，到了夏天，總有幾個老媽媽，老到乳房已經下垂到肚臍眼上了，除了頭髮還挽了髻在後腦門上，否則真還難辨男女。天太熱，她們坐在家門口，光著膀子，下半身是寬腿長褲，卻把褲管捲到了膝蓋上，坐著小板凳，兩腿叉開搧扇子。一切都鬆鬆垂落著，骨架，五官，皮與肉，整付形體就是對於地心引力現象的具體說明。大人看見了回家便說這樣子不成體統，「怎麼讓老人家這樣。」不過我從小就覺得，凡是不成體統的事，不知為什麼都滿舒服的。類如挖鼻孔，放屁，一邊吃飯看書一邊喝水，吃完了飯打嗝……。「體統」這玩意想是人發明的，大約對某些人是至為必要的：蔣中正孫中山或年過四十，成為了長輩的人。

因為「不成體統」，小時候，經過這些老人面前，總是目不斜視快速經過。

當然也多少會覺得刺目，美或醜陋，到達驚人地步時都刺目。而在我年輕的時候，這景象之刺目，與其是因為「不成體統」，不如說是那赤裸裸的衰敗。在自己沒有衰敗之前，是無法感受衰敗之美的。現在回想起那些坐在板凳上的老媽媽們，開始明白她們無非是接受了自己的老去，腐朽，以及終將化為塵土。

最近住的這裡是老社區，很有點南部眷村的感覺，房子也是一排一排，面對面的中間隔著巷子，背對背的則只間隔了防火巷，事實上也堵到了完全不可能具備防火功能的地步。鄰居們好像並不熟，跟我一樣，都是外來住戶。過去眷村裡差不多夜不閉戶的，因為家家都熟。而且屋子裡也沒什麼可以偷的，因為窮。家家的格局都差不多，使用的物品也差不多。夏天時就一律把前後門都大開著通風，每一家都像自己家裡。我們找小同伴玩時，就熟門熟路穿進人家家裡，把睡午睡的大人搖醒，問說：「劉媽媽，大頭不在家，他到哪裡去了。」

在家裡寫功課，因為房子小，就三進，不管待在哪一間裡都會聽到屋子外頭的聲音。隔壁楊媽媽打女兒，斥罵聲和小孩雞貓子喊叫哭泣的聲音共鳴。另一邊是朱媽媽和馬媽媽講村頭林教官老婆偷人的事。我小時候怎麼會聽得懂那些呢？

真奇怪呀。或許是因為與禁忌有關的事都接近本能，可以不學而知之。大人打麻將閒聊，也會互相調戲，說些隱晦的，似有意若無意的句子。我跟小同伴躲在房間裡複述他們的言語，猜想那是些刺激的話，卻無知於刺激在哪裡。

夏天裡，大馬路上有蒸騰的煙氣，浮在地面一公尺處，遠遠看著，一切景象都扭曲和浮動著。熱氣以對於世界的扭曲來呈現。看著人從遠處走來，似乎搖搖晃晃，其實只是在熱氣蒸騰中景象被折射而已。那時候，小攤販賣冰棒的聲音簡直像天使之音。他會一路搖叮噹，叮鈴噹啷叮鈴噹啷。無論周遭多麼嘈雜，那聲音總是可以把一切聲音壓下去。兩毛錢一根，孩子們跟大人要了零錢衝出去。圍在小販身邊，看著他那高高的木箱，冰涼的美味就藏在我們高度不及之處。用零錢換來了冰棒，就跟小同伴一人一支，或兩人一支，你一口我一口分著吃。昔日分食是經常的事，一顆糖，一顆酸梅，一支冰棒，一片餅乾；兩個人（或更多人）你一口我一口換來換去地吃，交換彼此的口水。那時候怎麼會那樣天然啊。現在連一桌共食都還有公筷。我不是推崇過去那種共食的情況，我自己現在也沒法不「公筷」了，只是覺得，富足似乎會讓人產生分際，擁有的越多，人我之別便越分明。我們大約都在用自己的「有」包裹和環繞自己，或許遮蔽了，也隔開了更重要的什麼。

黑社會

有人介紹新朋友給我，跟我說：「他是黑社會的。」

這人後來變成我男朋友。他其實不算是黑社會，不過是十來歲的時候結幫結派，每天去找人打架而已。男人的暴力傾向，據研究，跟性一樣，都歸睪丸酮管，所以性壓力解除，就比較不會有暴力傾向。對我這位黑社會男友來說，找人打架，真正原因其實是找不到人做愛罷了。

他那時帶了一群人，每天到處找人打架，甚至也到了動西瓜刀的層級。我也是從他這裡聽到，真正的打鬥，其實不像電影上那樣一打十來分鐘。他說任何群毆，頂多五分鐘見勝負。尤其是動刀，要攻其不備，那更是幾秒間的事，不可能拖久的。該殺的殺該砍的砍該見血的見血，這人意味深長地說：「五分鐘可以做很多事的。」

後來他到臺北上大學。念書之外的「副業」是收保護費。我聽了萬分驚奇。因為他照說應該算改邪歸正了，而且離開家鄉，身邊也沒小弟；但是遇到沒錢花的時候，這個單門獨戶的「大哥」就一個人跑去找其他學生收保護費。學校在山上，那一帶許多學生宿舍，他會在樓房外按門鈴，一戶一戶試，總會有不耐煩的人把大門打開。於是就上去。樓層裡隔成一小間一小間宿舍，他就去敲門，嚼著檳榔，對開門的人說：「老兄，擋點鄉來花花。」多半的人都會給錢，如果一家給的太少，就去收第二家。

我對於那些人綿羊似的毫不反抗完全無法理解。有人敲門，然後一個陌生人說：「給我點錢花花。」要是我，一定跟他拚了不可。「黑社會」就說：「所以啊，如果遇到女生，我就假裝我找錯門，不會跟她收的。」他說女生比較不可理喻，不懂「江湖道義」。

受他影響，我開始看日本黑道電影。尤其喜歡岩下志麻的《極道之妻》系列。岩下志麻真是厲害的演員，她演黑社會大姊頭，沒什麼強悍之色，就只叼一根菸在嘴上，整天也不拿下來，講話時就叼著菸說話。面無表情，垂著眼皮。頗有魯迅「橫眉冷對千夫指」的況味。

日本黑道電影，至少早期的，好像人物都很苦命，讓人興起「歹路不可行」之念，不像《教父》裡的黑手黨叱吒天下。也不像香港電影裡頭那麼神武英勇。我猜黑道，或黑社會人物在電影上的形象之轉成英雄化，絕對和柯波拉的《教父》有關。在《教父》裡，柯波拉創造了另一個世界，讓黑社會比一般的現實世界更有權力，也更有秩序。

很早以前看過一部日本黑道片。那時候不知道自己後來會吃編劇這行飯，看電影只看故事。片名，導演，甚至演員，如果不太出名的話，根本沒印象的。所以這部片，除了片子裡這一段劇情，其他一概不記得。

男主角是個小混混，跟在大哥身邊。卻好死不死愛上了大哥的女人。兩個人相約私奔，逃到了外地，但是擔心大哥的「惡勢力」，不斷地換地方，就怕哪一天被找到，兩個人就沒命了。

逃亡一陣子之後，女人受不了這種生活，要求過安定日子。男人於是帶著她到了一處偏僻之地，租了間小屋，隱姓埋名過起居家生活。

有一天，有人在屋外敲門。

兩人住在這裡，足不出戶，不交朋友，也不與親朋好友聯絡。這時聽到敲門聲，都亂成一團。判斷是大哥終於找來了。實在無處可逃，男人決定面對。日本黑道，犯了過錯要切小指頭的，據說進黑道的人都要配備一把隨身小刀，準備著緊要關頭時切小指謝罪的。

男人於是慎而重之地掏出了懷中的小刀，女人則不停哭泣，氣氛悲淒慘烈。男人強撐著向女人交代後事，自命必死，但是承諾自己會承擔一切，並且向老大央求饒女人一命，女人則輕聲啜泣著要求同死。屋子裡生離死別，屋外頭敲門聲愈烈了。終於，女人過去開了門。

進門來的人，看見男人正襟危坐在榻榻米上，面前是矮木几，鋪放一條止血的白毛巾。男人右手持刀，左手小指已經放在了刀刃下。

女人跪坐到男人身後，開始哭泣。男人莊嚴地止住了她。匆促緊張地對來人發話，他自知罪無可逭，決定回去聽憑發落，但是要切下小指謝罪，希望來人放過女人。話音甫落，他右手一使勁，小指頭切了下來。進門的男人看著几桌上血淋淋的斷指，呆了呆，然後說：

「我是來拉保險的。」

我所理解的黑社會大抵如此，好像荒唐乖謬之處比暴力血腥多。雖然說起來也是滿血腥的。

以前住眷村，大約每個月總有一兩次這類景象：從村頭到村尾的一直線主道路上，通常是黃昏，一人在前奔跑，一人在後頭拿著大棒子追趕。兩人多半是父子關係，兒子前頭跑得飛快，老爸在後頭邊喊叫咒罵並且大步追趕。因為咒罵聲很響，所以大家會跑出來看熱鬧。我從來都只看到你追我趕的階段，就被老媽喊回去了，所以一直不知道「結局」。

後來成年後遇到其他的眷村子弟，發現每一個眷村（不分東西南北部）的主道路都有這類的「演出」，而那些看到「終場」的人告訴我，通常這種追趕會變成馬拉松，因為眷村道路四通八達，腳力好的會繞著全村一跑幾個小時。為了逃命，往往還會發揮驚人潛力，會從這一家的牆頭跳到那一家的樹上去，再從屋頂爬下來。因為是比「持久力」，所以贏的不一定是大人。不過發展到小孩追小孩的時候，那就又是另一番景象。這些「小孩」，不管歲數，通常個頭不會太小，手上抓的也不是棒子，有時是西瓜刀。這種追逐很快便會分出高下，不是有人烏青，便是有人見紅。

我不想讓大家以為眷村是暴力溫床，不過確實有這樣一個部分。以前的所謂「管教」，基本上就是一個打字，越嚴厲的管教，就打得越凶。幾乎每個眷村都有那麼一家，院子裡有一棵枝繁葉茂的大樹，但是樹幹上總是斑斑駁駁，樹皮脫落。因為父親時常把不聽話的孩子綁在樹上打，小孩就在樹幹上蹭來蹭去逃躲。打完了放開小孩，綁人的繩子大半就依舊吊在樹上，在微風裡輕輕晃盪，極為家常和若無其事。

難怪許多眷村子弟去做武打演員。這種「訓練環境」，其實跟成龍或洪金寶電影裡的學武場面有點像的。如果當年有人培養，這幫子小孩想必都會成為優秀的

「極限運動選手」，但是生不逢辰，結果長大了就變成黑道，或者武打片演員。

眷村有一些奇妙的共通現象。這些分布在全省各地的軍屬村落，或許因為「形式」相似，內容也差不離。就像在地表之下，所有的眷村連結著，有一副隱藏的，共同的身體。眷村的國語有一種特殊的南腔北調「腔」，而眷村的人有一種特別的五湖四海「味」，那如同密碼，是只有自己人才知道辨識，才看得出來的。所有眷村的人天然都帶有這種雷達。不過許多眷村第二代和第三代，早已離開了眷村這個環境，似乎那種氣味也褪去了。

舊事

眷村裡一排是七戶，住我們那一排的第四家，好像姓茅，又好像姓苗，聽大人們說話發的是這個音，因為各有各的鄉音，聽上去有時茅苗不分，我始終搞不清楚。不過我們幾乎也和這一家沒有來往。他們家全是男孩，七個到八個。我們那年頭，男生女生不講話的。他家裡沒女孩，就註定了我們跟他家的孩子會老死不相往來。

我從來沒看過茅伯伯，我們那一幫子小玩伴也沒人看過。倒是時常聽到茅媽媽罵人。茅媽媽個頭很小，卻有中氣十足的嗓門，不僅高亮，而且宏大。她在家裡頭罵孩子，隔個幾家都能聽得清清楚楚。茅家因為夾在中間，茅媽媽聲傳十里，因之茅家有點什麼事，幾乎整排人家都知道：大的欺負小的，老三偷錢，老四考試不及格，老五尿床，茅媽媽一律高分貝，不吝分享的喊出來。間中夾著小孩含糊不清的辯解和求饒，帶著哭泣。

眷村裡家家戶戶都用竹籬笆做圍牆，茅家也一樣。後來經濟寬裕了，許多人拆掉竹籬笆，改砌磚牆。講究的，不但牆起得特別高，牆頭上還插了碎玻璃，好像真有什麼寶物藏在家裡，得提防人來偷似的。

那時候收音機裡老是報個沒完的新名詞是「經濟起飛」，無論「經濟」或「起飛」，在當時都算是新觀念。國民黨遷臺之後，提倡過的幾個「運動」，重點都放在如何過苦日子上，不單提倡刻苦耐勞，還要求大家勤奮節儉。沒想到蔣經國搞了十大建設之後，忽然大家就闊起來了。眷村雖然法規是不許加蓋的，但是人總有權力讓自己日子過得好一點，因之，上有政策下有對策，家家戶戶還是興興頭頭地開始加蓋，把原有的房屋擴大，在老屋子外頭加蓋新屋子，特別有本事的就起兩層樓，把院子推出去，起上磚牆，以及在牆頭插上尖尖的玻璃碎片。

唯一維持舊狀的大概只有茅家。茅家文風不動，既沒在自家地盤上加蓋，也沒打算用磚牆換竹籬笆。然而兩邊鄰舍都砌起高牆來，無形中，他們也就有了牆。

雖然兩邊有牆，正面依然是原來的竹籬笆和門。於是兩鄰的磚牆與磚牆之間，便突兀的，夾了一排竹籬笆，以及竹籬笆間一扇破爛的竹門。

茅家男孩子逐漸長大，年紀相近，全都長得人高馬大，他們原就與其他人家不大往來，又每一個都是光頭，穿一樣的圓領草綠汗衫，寬大的麵粉袋裁的短褲，實在不容易分出他們的長幼次序。他們出現時很少成群，總是一個或兩個人。彼此也不說話。男孩們全都濃眉大眼，一股悍厲之氣。要是跟他們說話，三言兩語不對頭，他們就回家去拿單車鍊子出來，在你面前舞得虎虎生風，一邊瞪你。他們倒也從沒真的動手，要真動手，我們去告茅媽媽的話，他們會很慘。但是他們喜歡做這一類的舉動。在你面前甩鐵鍊子，如果背過身不理他，就在你背後甩，聽見咻咻的氣流破空的聲音。沒幾個人擋得住這種威嚇，我們馬上會跑回家去。

我覺得男孩是很奇怪的動物，茅家的男孩子成天打架。什麼事也會打起來，比較上不像是爭執，倒像是一種取樂的方式。家家戶戶院子裡都種著樹，茅家也一樣，只是總長不大，他們家男孩一打起架來，就像小狗小貓似的，扭抱著滿地翻滾。能壓歪小樹苗，壓斷較細的樹幹。他們家的草地總是扁扁的。門口這一排竹籬笆也好景不常，某天茅家兩兄弟追打，大約是情勢急迫，來不及開籬笆門逃離，直接就把竹籬牆給撞散了。之後那扇其實也爛得差不多的竹門就禿禿地立在沒有遮攔的牆邊，屹立不搖，很有些看好戲的意味。

沒有人管。茅家的基本狀態就是任何事都沒有人管。茅家兄弟們進進出出，對自己家沒有牆卻有扇門的景象非常適應，一家人就踩著給撞散的圍牆來去。是左右鄰舍看不過去了。有一天，就像忽然神仙顯靈，茅家的門和散架的竹籬笆一起消失了。但是神仙倒底也還沒闊氣到順便給他們裝大門，茅家因此就成為全村唯一沒有門的房子。該是門或牆的地方坦蕩蕩大敞著，對面人家隔著小馬路可以看見他們家人的全部活動。多數也只是打罵孩子的畫面。有時候茅媽媽會出來澆那些永遠長不大的樹和花草。並不像電影裡那種優美的景象。她大半是端了一大鍋，或一大盆子混濁的淘米水或洗澡水，急匆匆，半顛半躓地衝到門外，洩憤似的把一盆子水潑拉灑在地上。有時頗讓人疑心她究竟倒了什麼，偶爾會有奇怪的異味。

十幾年過去了，茅家還是沒有大門，倒是孩子們不在家打架了，到村外去打。因為打得過了頭，有幾名進了少管所。那些僥倖存活下來的樹木亂七八糟地長著，跟當初被恣意破壞一樣，樹木現在恣意生長，毫無章法，有的高有的低，有的茂密有的疏鬆，唯一有志一同的就是都攔在門前。茅家或是覺得這樣有阻擋視線的效果，也或許只是懶得去砍它。總之，整個家如同廢墟，為雜草和百里香樹叢所包圍，且奇妙的是，院子裡好幾株芒果樹，全都長得繁茂高大，結實季節就累累掛著手掌大的愛文芒果。經過的時候會覺得這一塊地方可能是果園，應當是邊界的地方長著百里香，大約一人高，緊密地叢聚著，完全沒有入口，因之也就沒什麼人越界去摘它。

到了成熟的時候，芒果果皮半青半紅，掩映在枝葉中。從樹旁經過，有濃烈的，類似腐敗的氣息凝聚在空氣中，帶點酸甜。要是探頭，撥開樹叢，可以看見滿地落著腐敗的愛文芒果。

我最近才聽我母親談起茅家。說是茅家兄弟只剩了一個，住在療養院裡，害的是跟他父親一樣的病。其他幾個都死得很早。有的是因為病，有的是因為出事。一個是坐牢死的，一個出車禍，一個被人殺了。而那個生病的反倒活得最長。

他害的病是罕見病症。我母親也說不上來，就是站不起來，好像二十來歲就躺在床上了。到現在，至少也躺了四十年。

我忽然想起小時候一個印象。我們小時候捉迷藏，亂躲的時候會藏到別人家裡。我記得自己情急之下，鑽進了茅家。那時候是中午，茅家角落拉著落地簾，藍布，長長一排。其實是眷村裡少見的陳設，不過小時候不懂。我記得我躲在簾幕之後，緊張地聽著外頭小玩伴們嚷嚷著跑過去的聲音。這時聽到身子後頭有人清喉嚨，轉身一看，是個老男人。在簾幕後有個窄小的空間，僅容一張單人床。這男人躺在床上，以我的年紀，只覺得他很老，其他看不出來，但是記得他頭非常大，眼睛也很大，極濃的眉毛。他跟我說：「水，水。」他幾乎沒有身體，縮在被子裡的身軀非常小，小到似乎整個人就剩一個腦袋。

他沒動，像個假人或者機械似的發聲：「水。水。」我太害怕了，立刻掀開簾子逃掉。沒理他。

現在才知道，那大約就是茅家的男主人，能夠生，卻養不了的茅伯伯。

忽然就對那個凶惡的，非常嚇人的茅媽媽欽佩起來了。是怎樣的女人吶。

記憶阿記憶

春末夏初的時候，我在臺南待了一陣子。臺南是我成長的地方，不過我很久沒回去了。偶爾因為工作緣故，坐高鐵南下，待不到五小時，便又坐高鐵北上，如同所有觀光客，用蜻蜓點水的方式掃瞄我的故鄉，好像它變成一張明信片，在有限的範圍內框住那所謂的臺南。因為看到的那樣少，產生我某種錯覺，覺得在那些被注視的影像之外，那些赤崁樓，億載金城，孔廟，安平港，老街，著名的小吃夜市之外，我從小長大的那個臺南，或許依舊安好，包封在時間膠囊中，維持所有原來的模樣。

在理性上，我當然明白臺南不可能不被開發，不可能沒有新的建設，但是，我小時候住的那塊地區很偏遠，靠近臺南縣，甚至快到永康，我在心態上便假設那塊地區很容易被遺忘被忽略被視而不見。雖然有人居住著，但是想必他們就像某種地底人或童話裡的精靈，在時間隙縫中來去，在整個地球占據微塵般的位置，因為太小了，沒有分量，因此也不會有人有興趣。而其代價就是全世界的人一代一代推移，生了又死了，年輕了又老了，而他們卻永遠保有從前的狀態，如同我那湮遠，已經無法確認孰真孰假，一邊思索一邊編造的回憶。

我成長的那個眷村非常小。只有數十戶。作小孩的時候對於大小的概念與現在不一樣。我小時候覺得它很大。至少大到足夠我去探索。一共有四排房子，兩排兩排蓋在一塊，第一排和第二排後院抵後院，第三排則和第三排相對。中間隔著一條馬路，很窄，幾乎只有界線的功能，現在回想，可能還不到半公尺寬。

馬路兩旁家家都有庭院。最早的時候圍著竹籬笆，後來蓋上了磚牆。

我們家住第三排。我們的後院抵著第四排的後院。第四排的房子，在我小的時候，面對著一片蒼茫，非常高的雜草，幽深的竹林，到天黑之後便只剩下簌簌的聲音，什麼也看不見。我有同學住在後排，她的父母給她取了鳥的名字。她是高大美麗的女孩子。在我們小的時候她就比任何人都高，鬈髮，皮膚很白，黑亮的大眼睛，永遠寒著一張臉。在很小的時候她就有大人的神情。她家裡的人都高，高且胖大；她的父親她的母親她的哥哥弟弟，還有剛出生的小女嬰。他們像另外一種種族，或許外太空來的，跟他們講話你必須仰視，而他們還不得不為了俯就你，微微駝肩。

　　我很喜歡她，因為她的特異，因為她美。時常找藉口去她家，雖然天黑之後，那塊地方變得非常陰森可怕。我們的眷村很小，就村頭和村尾各裝一路燈。在燈與燈之間有龐大的黑暗，因為可以看見路燈，似乎近又似乎遠，那段黑路深不可測，又漫長無比，往往覺得自己要走到了鬼故事裡，或許永遠走不出來，或許出來的時候發現自己到了另外一個城市。但是我還是去找她。帶著借來的漫畫書，或者自己剛畫好的一張美女畫（膨膨鬈髮，腦門紮著蝴蝶結，眼瞳是菱形星光的大眼睛）。她從來沒表現出她到底知不知道我在畫她。

　　這四排房子中間有條大馬路，把四排房子切開。靠我們這邊的戶數比較多，七到八家。大馬路那頭比較少，三家或四家。那邊的房子比我們這邊的大，每一家都是。幾乎大到兩倍以上。而且面前有很大的空地。空地再往前是幼稚園。村裡的小孩都在那裡接受學前教育。大約兩歲或三歲就送進去，念到五歲上小學。幼稚園老師主要由村裡頭的眷屬擔任。每個孩子都知道是哪一家的，一邊教孩子一邊做褓姆。我們的幼稚園非常隨性。較大的孩子隨著老師的風琴唱歌，較小的孩子就大聲哭叫。有些還不會走，一邊哭一邊爬。老師只要對付不來的時候就宣布：「吃點心了。」這時連最愛吵的小孩都會安靜下來。大家排排坐，眼睜睜看著老師在我們的小杯子裡倒上牛奶，在小碟子裡放兩片餅乾。然後老師教我們如何把小指頭翹起來，只用食指和大拇指捏起一片餅乾，沾一下牛奶，之後微張口，既不碰觸上唇也不碰觸下唇，而是直接把餅乾送到舌面上。我們學不來老師的優雅，所有的孩子都張大嘴，伸長了舌頭，拖在唇外，像小型的，比較可愛版的吊死鬼群像。也像某些雛鳥，大頭，腦門上無毛，張著尖尖的嘴，要求食物，或許也要求一些別的。

我們村子沒有圍牆。那三家過去就是軍校。有條小路可以進去。軍校似乎也沒有圍牆，也或許我們的村子就是包括在整個校區裡，因為住戶都是軍校裡的教官。眷村和軍校之間，有非常高大的樹叢。各種不同的樹，牽牛花爬藤，百里香，紫藤。也許沒有那麼高，不過小時候會覺得那些樹直矗到天上去。

我們很喜歡走這條小路。不單因為它近，還因為那有點冒險意味。在軍校對面有介壽堂，那是我們看電影的地方。有大馬路可以走，可是我們總愛鑽小路，越過軍校的操場，從另一處小路出來。衛兵有時會管我們有時不管。我們鑽進小路之後就沿著樹牆走，亂拔牽牛花。走大約兩分鐘，可以看到軍校的禮堂，操場和校舍，那也就是有衛兵站崗的地方。他們站在低矮的水泥柱旁，拄著槍。穿戴綁腿軍裝，頭頂鋼盔，帽帶攔在下巴上，遮擋了部分臉孔。看見我們就大喝：「嘿！站住。」沒有人理他們，我們開始奔跑，刺激的大聲喊大聲笑，比較膽大的就高聲喊：「阿兵哥錢多多。」下面的好像是「給我一毛買糖吃」，不大記得了。

那些奔跑著的，胡鬧的，看似快樂的小人，三三兩兩，有些大膽，有些害羞沉靜，有些讓衛兵喝斥就害怕得哭起來了的孩子們；我現在知道，在衛兵站崗時，我們經過，不含危險性，天真無害而有趣，或許是他們盼望和期待的，在漫長的無以排遣的無聊時光裡。或許下了崗還會彼此交換談論許久。雖然我小時候覺得他們都是大人，但是現在回想，那些服役的充員兵，其實年紀不大，十八到二十歲。他們脫離孩童的階段還不長。明白我們躍動的冒險心態，在喊叫的時候，我們在遊戲，他們也是。

狗言狗語

和朋友一起吃飯。在海產店裡。我們坐在靠街道的位置。不一會，便來了一隻黑狗，繞著我們桌子轉。

非常漂亮的黑狗，毛皮油亮，天鵝絨的黑。長腿，窄身子，倒三角的，俊俏的頭，兩耳貼腦袋，黑色大眼睛，全黑，幾乎沒有眼白。所有的狗都沒有眼白，於是那注視便非常的絕對，不是盯著你，便是完全的離開。

這狗盯著我們，用牠那全黑的，沒有空白的眼睛。我們坐的是小矮桌。那狗平視我們，如果不能說牠那態度是尊嚴的，至少，牠顯得很自信。

牠看著我們，但是又看「穿」了我們，有可能我們這群人類於牠不存在。或至少，只等同於風，夜色，或者桌椅，牆壁之類的東西。

朋友扔了塊骨頭下去，牠慢悠悠掉頭，嗅尋食物，離開我們。

絕不是流浪狗。雖然是獨自出現在街邊，向陌生人討食物。但是被照顧的那麼好，乾乾淨淨漂漂亮亮，一定是有個主人的。

朋友說：做狗最好，只要嗷嗷兩聲，就有人給牠食物，照顧牠生活。幫牠清狗舍把屎把尿，洗澡剪毛剪指甲打預防針……

也就是父母親對孩子做的事。不過狗不會哭鬧，不會頂嘴。沒有教養問題，永遠不必擔心牠通不過學測個性孤僻或智商低落，牠不用上才藝班，不可能交壞朋友，不會關起門偷偷玩線上遊戲，或者不告而別跑去跟網友約會，更不會搞個部落格在上面說爸爸媽媽不理解我，干涉我人身自由。

所以，朋友說：生孩子幹什麼，為什麼不養狗呢？有次在北京中央臺看到個節目，訪問所謂的新時代貴族，他們收入多，學歷高，講究時尚，重視生活品質。為自己的人生安排各種吃喝玩樂，出國旅遊，心靈成長和進修課程，讓自己「不虛此生」。只是沒安排下一代。

受訪的那些新貴族都說：結婚時先說好了的，不要孩子，要過「充實」的人生。

曾幾何時，一個充實的人生居然必須排除掉「下一代」這個項目。

幾乎每一對「新貴」都養寵物，還不止一隻。有的養貓有的養狗。覺得養寵物比養孩子方便。寵物不會傷你的心，你給牠多少愛牠還你多少。你不愛牠牠還是愛你。你走開的時候牠癡癡等你。你回來的時候牠守在你身邊永遠不離。寵物讓你依賴，也依賴你。

這種說法讓我覺得，我們對寵物的愛可能是建立在權力上的。因為相信寵物永遠不會變心，因為愛或不愛的權力在自己手上，於是可以毫無保留的去愛牠。

我們的最愛，最放心的愛，都是給那些絕對不會變的對象的。不管那是不是事實，只要相信，就足可以讓我們願意去愛。其實，寵物也一樣會「變心」。有些人家裡的貓狗突然失蹤，離家，或者自殺……做為主人，儘可以找一個讓自己安心的解釋，但根柢上，牠是在「離開」你。而且多半還是自主的。

所以寵物狗之可愛，便是從不為自己解釋。牠不會說我們不理解牠，我們給的不是牠要的。牠不喜歡毛被剪成那樣不喜歡腦門上紮花蝴蝶結不喜歡穿緊身棒球衣不喜歡吃西莎罐頭……牠什麼都不說，或許是進化學來的求生本能。牠只「嗷嗷」，兩聲，用亮晶晶的眼睛看住你，於是人類給牠一切。牠很明白意見不能太多，多了會出事。說實話，許多人都還未必能有這種智慧呢。

狗狗就嗷嗷兩聲，做主人的便掏心扒肺地賣命。實在很難說究竟是我們在養牠，還是牠在「養」我們……是指養豬殺來吃或養牛擠奶喝的那種「養」。這小玩意是如何把情勢倒轉成這樣的？真是一大神祕。如果有個男人，給他吃給他喝，給他洗澡哄他睡覺，拿根鍊子把他鎖在家裡，每天黃昏帶他出去遛一下，不帶他出門他永遠留在屋裡，只要你回家他就歡天喜地撲上來吻你……這樣的一個，呃，人，他如果只會嗷嗷兩聲，他對我的付出只有嗷敖兩聲，我不知道我能不能愛他會不會願意養他？

好像缺乏一點挑戰性。

而且，我猜想寵物這麼聽話，跟牠們被去勢了有關……安於被豢養，都是某種程度的去勢吧。

相隔半世紀，在我「小時候」，狗不是這樣的。

我住眷村。眷村裡的狗就只是狗而已。至少大人孩子都只拿狗當狗養。

我們對狗有許多知識，例如狗如果來追你，千萬不要跑。越跑牠越追，就只要蹲下來作勢要撿石頭扔牠，狗會馬上縮著尾巴跑掉。

另外，晚上如果聽到狗哭，表示有人死了。或者是村裡有鬼魂經過。

村裡總是一大堆狗。哭起來的時候，村頭接村尾，簡直就像某種輓歌大合唱。那拉直了的，淒厲的長嚎。據說狗的祖先原本是狼，那可能是狗唯一回歸成狼的時刻。

在遠古，尚未被人類馴養時，所有的野生狼，在感應到那些高頻率的訊息時，牠們豎起耳朵，對著月和星嚎叫，那種占領著全世界，宣告霸權的恫嚇之聲，在被馴養之後，成為哀音。

屈服時常是無止境的，讓步這件事永遠沒有底。只要開始讓步，便可以讓到屍骨無存，在狗，從狼讓步為狗之後，便從戰士成為食物。

好像沒聽過有人吃狼肉。但是許多人吃狗肉。過去的東北，吃狗肉且是常態。《水滸傳》裡的好漢，到客店裡吆喝：「來兩斤白乾！」跟白乾一起上桌的，往往是狗肉。

在眷村裡，說真話，狗不知是哪來的。好像沒誰刻意在養，但是一定會聚一大堆。等到了冬天，就會有人殺狗。

關於殺戮，以及死亡，對於孩子是禁忌，我們很小就被擋著不要接觸這些。小孩子被教導看見路祭的帳棚要繞路走，看見送喪隊伍要別開頭去，尤其避開遺照。但是沒有人攔阻小孩看殺狗。

通常有個老士官長，會在冬天的某個下午，背著麻布袋，布袋裡扭動著一頭狗。我們一邊跳房子一邊看著他經過。天光明亮。奇怪就是這件事從來不在黑夜裡進行。

他會把狗帶到遠處。其實也不太遠。我們聽得見狗在叫，因為殺狗前要先把狗打死。狗叫的聲音一點痛楚感也沒有。就是非常煩躁的「唉喲唉喲」幾下，好像不滿意死得太慢。等到狗不叫了，我們便跑去看他殺狗。完全不覺得血腥，都非常高興，因為晚上會有狗肉吃。

身在此，魂魄在彼

我住的眷村叫「湯山新村」，是「臺南砲兵學校」的附屬眷村。全臺最大眷村（也是臺南的，「精忠三村」）有一千三百多戶，我們眷村算規模小的，全村只有百來戶。住戶多半是砲兵學校教官，因為這樣，村裡讀書風氣很強。幾乎家家戶戶，每天一大早就聽到朗朗讀書聲。學校七點朝會，交通車六點會來接。差不多四點，父母親就會把孩子趕起來。天色微明，到了五點才開始大亮，我爸在院子屋簷下安了燈。每天早上把我喊起來到院子裡去念書。我提了小板凳，帶著課本，在燈下坐著，嘴裡咕嚕咕嚕，一邊念一邊打瞌睡，四周有其他家孩子的「和聲」，等天大亮，才看清楚對門也坐了一個跟我一樣苦命的小人兒正捧卷苦讀呢。

過去的義務教育只到小學，所以除了小學不用考，只要「升學」，就一定要考。我那一代人，四五十歲了，許多還在做為聯考拚命的噩夢。現在看，聯考似乎是比甄選更為公平的制度，至少，甄選制度之後，絕對不可能有甲級貧戶進臺大的事。但是，我們那一代的人，從小學三年級（大約八歲）開始，要一路考到大專聯考（大約十八歲），整整十年，學校裡是大考小考不斷，每天考每堂考……而通常優秀學生壓力更重，我們家唯一曾經考慮過自殺的（因為怕考不上第一志願），是一路第一第一上來的小妹，反倒是我這種名次倒數算比較快的（因為反正被放棄了），反倒活得比較自在。

總之，因為上初中要考，上高中要考，上大學要考。差不多「小學定終身」，如果小學不強，起步就完了。我們村，按戶籍分配到的學校口碑不好，於是父母們就千方百計遷戶口，把孩子轉到教學口碑最強的學校。據說被寄遷的那一家，戶口內有四十多個孩子。在我們那一帶，名聲最好的小學叫勝利國小。村子裡多數孩子都念的是勝利國小。可以想見這些父母，就算離鄉背井，前途茫茫，望子成龍成鳳的念頭還是一樣的。

勝利國小教學很嚴格，絕對的打罵教育，我們每天上學都要挨打。成績不好那不用提了，優等生也一樣要打，只要沒考滿分，差一百幾分，就打幾下。沒有愛的教育那種事。勝利國小日據時代就存在，想這一套是日本人留下來的。學校裡每周有全校模擬考。前三名的學生會在全校師生前頒獎。我們村裡的孩子大約四十多名，卻幾乎包辦了全部名額。幾乎每周上臺領獎的，都是我們村裡人，至少在我小學畢業之前，一直如此。

我們家住在村子前棟，不大往後棟去，大人不准去後棟，因為後棟孩子比較野，怕我們被帶壞。不太知道為什麼前棟和後棟差別那樣大，不都是教官的孩子嗎。但是後棟孩子，的確很多成了太保太妹。村裡那條大路上常常會有小孩在前頭跑，氣紅了眼的老父在後頭抓了菜刀追殺的場面。要不便是做母親的撕扯著濃妝豔抹的女兒的頭髮，一路打耳光一路拖回家。這條主道路，是村子與外界唯一的通路。要出門要回家，要進入要逃跑，都得上這條路。因此那些家庭故事，從自己家門溢流出來的時候，就上了這條大道，彷彿活動舞臺，歲月的悲喜劇不時在此上演。

眷村有一些固定情景，成年後，遇到其他的眷村子弟，才發現我們雖然住在不同地區，但是生活環境幾乎一樣。簡直像彼此的複製品。每個眷村都有個小雜貨店，店主多半是個胖媽媽，家裡多半一堆男孩。雜貨店裡賣的東西也一樣。小店前總是會聚集一堆人。大人閒聊天，小孩們玩，或打架。而通常都有棵全村最大的樹正好在店門口。樹下躺著幾條癩皮狗。

很難跟眷村裡的狗產生感情。牠們是警衛，只要有陌生人進村就會大喊大吠；是褓姆，幫那些愛玩的大孩子看護他們沒滿月的弟妹；是抹布，大家沾了髒東西，多半就順手擦或順腳蹭在狗毛皮上；最後，是食物，一入冬，老士官長就會殺狗吃，據說狗肉的品級是「一黑二黃三花四白」，從來沒有黑狗可以過得了冬。總之，眷村裡的狗什麼都是，就只不是狗。牠們是讓村子裡那些生活不如意，既窮又苦，一事無成一無所有的人自覺不那麼卑微的東西。能夠一腳把狗給踢飛，或踹到不知哪裡去，或許會產生拾回尊嚴的幻象。眷村裡幾乎沒有貓，而總是有狗，許多，在半夜裡一起哭（傳說裡稱這是因為見到鬼魂），在白天趴在地上，歷盡滄桑地搭拉著雙耳，絕望地微微閉著眼。

我自己在十五歲離開眷村。之後，那些跟我一起長大的，所謂「外省第二代」，也紛紛離開眷村。離開是為了尋求更好的生活環境。眷村子弟離開眷村，並不是開枝散葉，相反的，是匯入社會洪流中，就此無影無蹤。臺灣社會中，雖然也不乏有頭有臉的眷村子弟，但相較整體人口，比例上依舊是少數。

這群給眷村添光的眷村子弟，有政治家，作家，企業家，學者，這是念書念得好的孩子。不愛念書的，則進入演藝圈，成為製片，編劇，導演和演員，或者成為黑道殺手。黑道和影劇圈，表面上似乎是兩種環境，事實上本質類同。兩者都需要激情和熱血，而且保證絕對不安定。在眷村裡生長，彼此唇齒相依，我們很容易跟人自來熟。家家物質條件一樣，孩子不大容易有自卑感，而眷村缺乏隱私，反倒造就了人們有種坦蕩蕩的態度，事無不可對人言。另外，任何私密都可能成為公開活動，也使得眷村孩子習慣了大方。在群眾裡生活，要被重視，必定要誇張自己的行為和感受，眷村成長讓人容易有戲劇性傾向。這大約就是這兩種「行業」特別吸引眷村子弟的理由。

眷村雖然是外省族群的主要集聚地，但是並不能完全等同外省族群。由於眷村的封閉性，使眷村子弟比一般外省人更不容易融入臺灣社會。在被保護也被隔絕的眷村裡生活，使我們融入外界的時間推遲至少二十年。等到我們出來接觸臺灣社會時，許多優勢早已喪失，許多眷村子弟就淪落到臺灣底層，成為二或三等公民。

這群外省人泰半活在虛空的國度。身在此處，魂魄在彼處。雖然已經傳了兩代或三代，老一輩依舊還活著，第二代第三代的記憶與老一輩的記憶摻和在一塊。「中國」對於我們的意義或許超過任何臺灣人。他們沒法忘記隔海的故鄉，但是故鄉早已經忘記他們。一九八七年兩岸開放探親，許多老兵返鄉，發現的是自己成為陌生人，故鄉裡既沒有舊時情景，也沒有親人。於是再回到臺灣，只是為了習慣了這塊地方，但是這裡也依然不是故鄉。生在臺灣長在臺灣的外省第二代第三代，如我，我認同中國是我的原鄉，而臺灣是我的故鄉，但是，我的生活在此，血緣在彼，到了哪一處，都不是回家，因此失根漂流，無所著落，或許不只是我個人的內在隱痛，也是全體「臺灣外省人」的。

眷村過年

每年過年都不讓睡覺。雖然大人說是要守歲，不過我實在懷疑這只是叫我幫著收拾屋子的藉口。

我那時八歲，不過已經是家裡最年長的，理該是個幫手。那年頭長女都這樣，當菲傭使。凡是母親忙不過來的事，就交給大女兒。

眷村裡家家戶戶都生一堆。動輒七八個孩子。我家裡五個小孩，算是人口精簡。村頭谷家生了十二個，聽說是因為想要女孩，谷伯伯偏又新派，重女輕男，大概因為家裡男生實在太多，物多則賤，不「輕」不行。谷媽媽和谷伯伯人都很瘦小，可能是生孩子養孩子給榨乾了，也可能只是天生的生產機器，渾身裡除了精子卵子大概沒裝別的。

總之後來總算生出了女兒，就叫「好了」。知道總算生出了女兒，谷媽媽也乾脆，直接在醫院裡就紮了輸卵管。「谷好了」小名「了了」。全村都叫她谷了了。她這名「長女」可非同小可，我八歲的時候她兩歲，隨時都有個哥哥把她抱在手裡。沒有任何人分得出抱她的是老幾。谷家男孩長得都差不多，全都細條長，高個，黑黑的，剃光頭。如果把他們家十一個排在一塊，大概會看出個差別，但是谷家兄弟從來沒有一起出現過，連吃飯的時候都是各吃各的。谷家孩子太多，谷媽媽想出的生存之道便是吃飯的時候把小孩趕出去。孩子在村子裡到處晃，自有好心的叔叔伯伯媽媽阿姨看到了會喊：「小谷，上我家來吃飯。」谷家孩子都叫小谷，因為谷伯伯叫老谷。

要過農曆年，差不多一兩個月前，村子裡就開始忙活。有一個士官長叫老李，老李超會醃臘肉，家家戶戶排了隊請他幫忙醃。老李平時住在部隊裡，醃臘肉的時候特地到村子裡來，大家把臉盆拿出來，把自家的肉放在臉盆裡。老李的臨時工作室在村設幼稚園的廣場，這裡有時也拿來全村開會用，地面全鋪水泥，上頭有個大棚子。家家戶戶的肉就一盆盆擱在水泥地上。

眷村裡這一事奇怪，似乎本領跟姓氏有關。姓王的總是最會做饅頭或大餅，姓李的最會料理食物，舉凡泡菜榨菜酸菜甕菜醃製辣椒蘿蔔豆腐乳，無一不會。老李除了會做臘肉，還會燒最好吃的狗肉。當然冬天也是他去殺狗。

老李也不要別的東西伺候，就給他準備一瓶高粱，再加上無數的菸。老李坐在小板凳上，嘴上叼著菸，旁邊地上擱著小杯，裡頭是白酒。醃肉需要酒，所以他腳邊往往一落金門高粱放著。到底老李喝的比較多還是醃的比較多，這是絕對的謎題，沒有任何人敢去破解，至少醃臘肉的日子不敢，否則老李不定會用菸灰替你家臘肉加料。

小孩都是喜歡看熱鬧的。老李醃肉時，一大堆小孩包圍。老李殺狗時也有小孩包圍。總之眷村裡做任何事，除非你拿鐵皮擋板攔起來，總會有一堆人圍觀的。老李拿著尖刀把肉分割成一條一條，一邊揮刀嚇唬我們：「喲，不要命啦！」一手伸直用刀鋒劃一圈，圍觀的小孩們應聲而退，不過沒多久就又圍過去。眷村孩子老是會面對刀啊棍子的威脅。大人不是拿刀，就是拿棍子嚇唬你，可能助長我們對於刀槍棍棒的「親切感」，那好像不是凶器，而只是對話的方式。當然挨到了還是痛的，但是大人打孩子家常便飯，甚至不需要理由，如果孩子要問理由，就再多打幾下。挨打是人生之必然，跟日出日落，四季更迭一樣是自然現象。

老李先灑一堆調味料進去，再倒上酒，然後開始埋著頭揉臉盆裡的肉。連著處理了兩三盆，看著沒什麼新花樣，孩子也就散去了。老李就一個人，大聲喉嚨裡咿咿呀呀，八成是哼歌。誰也聽不懂。如果還有孩子留在旁邊看，老李會跟他聊天：「你知不知道我老家裡地有多大？比你們這整個村子還大。」他說起他老家多有錢，他爹他祖父官做多大，祠堂前豎旗桿之類之類。小小孩抱著手蹲在地上看他，臉上拉著鼻涕，忽然猛地打了個大噴嚏，落了不少細菌在肉盆裡，也不知是哪一家的。老李沒事。對小孩說：「回去叫你媽給你多穿衣服。」所有的病，只要不用開刀，都用多穿幾件衣服頂過去。這是眷村的育兒法則，也是健康指南。

我小時候，據說很窮。不過大家都窮在一塊的時候，好像這個字眼失去意義。許多事家家戶戶都一樣的。小孩交不出學費，穿美國人的救濟物資，用美援麵粉袋做衣服，吃教堂發的奶粉黃油和「健素」糖。小孩都打赤腳，鞋是上學穿的。「拖鞋」這種東西，我以為是某種食物的名字。大人總說：都沒吃的了，還「拖鞋」。或者：「吃飽了還要拖鞋幹麼！」拖鞋總跟吃有關，顯然是某種食品。

眷村裡生活，說實話，食衣住行裡大家都只關心「食」一件事，其他的事也變不出什麼花樣。住或行，甚至衣，如果不挑剔，其實不需要花錢，公家或美國人都會給。就只食字，得自己打點。如果孩子不小心生多了，那真是非常苦惱的事。像谷家就一天到晚吃麵條，帶湯帶水，囫圇一大堆吞下去，比饅頭要抵飽多了。

過年或許是很麻煩的事。小學課本裡都寫著：「過新年，放鞭炮，穿新衣，戴新帽。」小孩子都給學校教壞了，遇到過年了，就要放鞭炮，穿新衣新帽，因為課本上寫的。課本上可從來不教錢要到哪裡去弄。所以大人都很明智地說：「盡信書不如無書。」我很小就知道課本上說的都是謊話。專用來考試的，考完了就可以扔掉，對實際人生不會有什麼幫助。

家裡頭其實沒什麼東西，桌椅家具，杯盤碗筷都是個位數，衣服也是個位數。但是逢到過年，老媽還是煞有介事要全家整理一番。吃完了年夜飯就開始刷刷洗洗，一切事都要趕在大年夜裡做完。幸虧東西不多，所以每次都可以在天亮聽到鞭炮聲之前忙完。年夜飯當然要有雞鴨魚肉，非常珍貴的肉，我們跟它們大概一年見一次，就過年這一次，大家小心翼翼地分食。魚是不准動的，因為要「年年有餘」。那年代沒有冰箱，也沒有保潔膜，靠一個碗罩儲藏和遮護一切食物。所有的東西吃完了就放在桌上。餐桌放在「客廳」，雙層臥床也在「客廳」，因為這一間東西最少。所以我在屋後頭幫著老娘洗洗刷刷的時候，先去睡的小孩會去偷吃，第二天吃剩菜時才會發現「年年有餘」的那條魚只有半面，另一面剩下骨頭，據說這就是我們家為什麼錢總是不夠用的原因。

過年要忙的事很多，要灌香腸醃臘肉，要磨糯米做年糕。要洗刷門庭……這是說大人，小孩則忙著挨罵挨打。過起年來大人不知道為什麼火氣來得個大，眷村裡又是四海一家，別人的小孩照樣可以幫他爸媽管教。張媽媽要是洗棉被洗煩了，就喊：「毛頭過來一下！」

毛頭於是過去，然後讓張媽媽照頭給狠狠重擊一下。毛頭要是問：「你為什麼打我！」下場通常是腦袋上再加一顆爆栗子。張媽媽非常理直氣壯，朗朗說道：「你回家去問你媽呀！」毛頭要真回去問他媽的話，多半連屁股都要受累。所以就轉去找張家最小的奶蛋算賬。奶蛋要問理由，毛頭只要說：「你媽打我。」就行。我們從小就明白父債（或母債）子還的道理。另外，套句馬媽媽每次打小孩會說的話：「頂多揭你一層皮，又不是跟你要錢。」大家都沒錢，可是皮倒是每個人都有的。

家家戶戶都把紗窗紗門拆下來洗。棉被也拆了重洗，裡頭的棉胎送去小街上棉花店重彈，之後趕在大年初一前一床床縫好，棉被的底布洗漿得雪白繃硬，然後跟新買的花綢被面縫在一塊。所有貴重的衣物，老奶奶的東北皮衣，三十年代流行的百樂門長旗袍（多半已經穿不下了），特地從大陸帶過來的十公斤重高領墊肩黑色燈芯絨短大衣（當年可是流行得很的），一條胖筒筒的斜紋法蘭絨灰色西裝褲（男主人的腰也早就繫不上了）……所有的稀奇古怪，和現階段生活完全搭不上一塊的物事，因為要過年了，便在這個家裡鄭重亮相，見證這家裡的主人曾經是如何活過。

那些老東西一年見一次世面，彷彿自身有靈氣，雖然不是「生物」，可是依舊一年年老去，一年比一年更脫離現實，更不像活人曾經用過的東西。一年比一年古舊，古舊到像它們自身的影子，古舊到完全沒有存在感，古舊到似乎直接在空氣中褪色，變黃變淡，變薄變腐朽，之後便無聲無嗅的，如煙塵般化去。我父母的那些老東西，小時候，在過年時幫著一件件拿出來，重新擦洗，刷灰塵，上油的那些老東西，後來就完全不見了，不知道去了哪裡，不知道是不是存在過。

我有時候問我母親：你那件黑大衣呢？老媽會問哪一件？她現在黑大衣太多了。我說：「那件黑色短大衣，高領，只有一個扣子的。你從大陸帶過來的。」母親想起來了，之後說：「不知道放在哪裡。」現在家裡東西太多了，隨便什麼都是十位數計，除了吃的。就這些沒完沒了的物品見證全世界人類終於平等，大家都形為物役，透過擁有一切，被這些一切所擁有了。

我家裡有個皮箱子，沉沉的，深咖啡，近黑色。平時放在牆面上父親自己釘的木架上。平常沒人動它，過年時就拿下來。

裡頭其實是空的，沒裝什麼。但是每到過年，大年夜晚上，父親會把皮箱拿下來，放在大床上。大床上鋪了塑膠桌布。要做事的時候，父母親臥房裡的這張雙人床是空間最大的地方，清理屋子，東西暫時堆放時，多數放在床上的塑膠布上。

這時候一樣，父親從高架上拿下了皮箱之後，就放在床上，母親會拿出抹布和花生油，仔仔細細地從裡到外擦一遍，之後放在床上等它陰乾。那時候，這臺大皮箱，就像老太爺似的，坐在床上，渾身油亮，掀著蓋，露著空曠的內裡。淡淡地向四周送出花生油的馨香。

等它陰乾的時候，我們就去忙別的，刷水槽，刷碗櫃，洗晒衣服的竹竿，沖洗外牆的牆面，甚至連竹籬笆都從底部往上刷洗……我們那時擁有的東西那麼少，每一樣都是寶貝，用把它們照料得一塵不染，來宣示我們是這些物件的主人。

到了早上，皮箱把油全吃進去了，看上去暗沉沉，有種隱隱的溫潤和暖之感。母親會放一些舊報紙，然後蓋上箱蓋，把老皮箱又送回高架上去。

我們家過年，除了慣例的甜年糕和水磨年糕，父親會自製一些麻花捲。這只有過年才吃得到。我們家不叫麻花捲，叫「雙頭連」。麵皮擀平之後，切成小長方形，中間劃一刀，不切斷，便有了一個四方邊的環形。把兩個「環」套在一塊，愛套幾重套幾重，之後兩頭壓緊。這點心用油炸，炸好了灑上糖粉。

幾乎每年都炸一大堆，放在竹籮裡瀝油，等油瀝得差不多了，裝進餅乾罐裡，可以吃好一陣子。

父母親都是南方人，在老家裡，多半有廚師，原是不會這些的。但是眷村裡什麼都南北合，口音，食物，習慣，甚至嗜好，都互為影響，南北交流。我父親也下廚的，蒸包子饅頭，包水餃烙餅都會。我自己該算道地南方人，但是一直就特喜歡北方火燒，羊角饅頭，鍋盔大餅之類吃食，應該是童年在眷村被調教的結果。

有一年過年，我那時十一歲，身量就是我現在的高度，總之看著是個大人。吃完年夜飯，弟妹們都去睡了。我幫著老媽縫棉被。這工作一定要兩個人做，先把白被單鋪上，再放棉胎，要對好位置，之後放被面，棉胎放下之後，要把被裡扯緊，否則縫來不平整。我和母親各據一邊用大針縫，把三層的被面被胎和被裡全釘縫在一塊。

母親這天心情不好，看我特別不順眼。我娘從不罵人，小孩也不罵。她只是盯著我縫的部分，忽然說：你去幫你爸。

我走開的時候，看到她把我縫的部分全拆下來。

父親那時正在揉麵糰要做雙頭連。父親是非常陽剛的人，開朗，愛笑。我去幫他忙，氣氛截然不同。老爸會一邊做事一邊講笑話。我們這邊父女嘻嘻哈哈，忙得不亦樂乎，忽然聽到房間裡砰通一響。

我跟父親都衝過去。原來是母親自己去搆那大箱子，沒拿好準頭，箱子就掉下來。

老爸跟母親埋怨：「怎麼不叫我來拿呢？人砸到沒有？」母親沉著臉不理他。老爸也就識趣地又回和麵板前去。

他給小方麵片上劃長條，我就負責把兩片繞在一塊。好一會，老爸說：你去幫幫你媽。

我回老媽那去。發現她在落淚。

她在擦那臺老皮箱，邊擦邊落淚。老皮箱陰幽幽的，整個敞開，露出裡頭帶有毛細孔和細毛的內裡。母親照慣例拿花生油擦拭，我在旁邊等她使喚，可是她什麼也不說，過好半天，說：你去幫你爸。

我又回老爸那裡。老爸這裡也不對了。半天也不說話。雙頭連壓好了這時等著炸。老爸一條條扔進油鍋裡，馬上雙頭連滋滋起泡，繞著油鍋邊上轉。那油鍋裡的歡快和我老爸的沉重完全不成比例。過好一會，他說：「去幫你媽。」

這個晚上，這個大年夜，我就這樣，被他們兩個人差過來差過去，什麼事也沒做，只是來回攪動屋子裡那沉澱著的，無以名之的，鬱結的空氣。

後來母親擦乾淨了皮箱，又用乾布仔細再抹了一遍，之後，開始往裡頭放衣服。我有點吃驚，因為這箱子向來不放東西的。可也不敢問。

母親裝好衣服後說：「去喊你爸幫我把箱子放上去。」

我叫來父親幫忙。父親雙手舉著箱子往木架上送。老媽說：「我看這箱子是用不上了。」

父親不回答，只是把箱子供上了高架。

備忘錄

光

我特別怕黑。這不知道是不是跟我總在白天睡覺有關。或者這得反過來解釋，大概就是因為怕黑，所以我總在白天睡覺。我一定要到處亮煌煌的，看得到一切，我才能夠睡覺。如果周圍太黑，就總是會胡思亂想。

不喜歡黑。連自己閉上眼睛的黑也都怕。一閉上眼就怪影亂竄，到現在年紀一把了也還是這樣。所以每次洗臉的時候都覺得很恐怖，因為得閉上眼。雖然只幾秒鐘，還是怕得要命。可能我有些心理問題吧，不過反正開著燈就可以解決，所以似乎也還不需要去看心理醫師。

我總是特別需要「光」。在家裡，檯燈向來是兩百燭光的。大白天也還是要開燈，因為屋裡總是陰暗些。客廳天花板上的大燈，我每次都要至少開三盞，不然總覺得看不清楚。也有點懷疑自己是不是因為一直用高照明，所以把視力弄壞了。就像老是用高分貝聽音樂的人會損傷耳力一樣。不過這種事也沒法回頭的，如果真把視力給傷了的話。

我總是開著燈睡。實在是很不適合有同床人的「睡覺法」，因為好像多數人都是要黑暗中才能進入「黑甜鄉」，我不成，我進入的是「白甜鄉」。眼簾上感覺著外界的明亮，知道一睜眼，什麼都看得見，於是就很安心地睡著了。

最近看淨空法師講述的「改造命運，心想事成——了凡四訓講記」（在龍山寺拿的善書）。說做噩夢是業障。那我業障超深超重，因為噩夢多得不得了。從前。夢見自己被金甲大神追啦，被吸血鬼抓，被殭屍抓，在荒野裡奔逃，在雪地裡，在戰場上，被殺被分屍被酷刑被強暴被綁在柱子上燒……我自製的這些恐怖片，使得我小時候一直不大喜歡睡覺。

我其實真沒想到自己會親近佛法。以前小時候，每次經過廟宇，總覺得門神在瞪我，我很怕祂。

這件事也難講是真的還是想像。我小時候想像力超強，常看到一些我自己覺得很真實但是後來人家告訴我根本不存在的事。長大後，能夠分辨幻想和事實之後，那個「奇幻世界」我就進不去了。不過我還記得自己看到的一些事情，理智判斷，絕絕對對不可能，不過挺有趣的。

我一直到現在記得的一個畫面：我那時幾歲不知，總之是個小孩。母親把我放在街邊，說她有事，叫我等她。於是我就看著她往前走，之後便看見她「沒入地面」，不見了。我追過去，看到她消失的地方有個圓形洞口，連接著旋轉梯，有音樂飄上來。這洞口非常小，幾乎就只有一個人體的寬度。可是我個頭小，所以我就下去了。在下面看到一群人在跳舞。有男有女，穿著旗袍和西裝，完全是上海百樂門風味。

我找了一陣，看到了我母親。換了衣服，穿著白色綢緞長旗袍，非常漂亮，和一個我沒見過的男人在跳舞。屋子裡煙氣彌漫，透明的光，白濛濛的煙。

確定她在，我就又爬上來了。站在路邊乖乖等她。

這件事確確實實是幻象。第一，我老娘一輩子也沒跳過舞。第二，西門町就算有「地下舞廳」，入口絕不會是在馬路中央。

不過這個幻覺一直很鮮明，在腦海裡帶了五十多年。可能更鮮明了也不一定，因為記憶是會騙人的。我留著它，可能因為我喜歡這件事：跳舞，百樂門，地面的洞口，下午的跳舞音樂。美麗的，愉快的，摟抱在一起跳舞的人。

如果我會畫畫，我就一定要畫一張畫，一個小女孩站在一旁，看著大人在跳舞，好像在看著自己未來要加入的世界。

但是我的人生是跟舞蹈一點關係也沒有的。我跟「舞蹈」唯一的連結，是年輕時去減肥班跳過「有氧舞蹈」，哦，還有在學校念書時跳過土風舞。不過一直很喜歡舞蹈。我的體型是屬於下半身比上半身稍長的那種，而且肢體尚稱柔軟，到現在還可以把腳扳到頭上。

舞蹈家林麗珍的母親六十多歲時跑去學芭蕾舞。已經學了快十年。這件事我覺得很棒。當然年紀大跳芭蕾不可能跳得多麼傑出，不過芭蕾舞似乎比任何舞蹈都更帶有夢幻感。我覺得林媽媽去跳芭蕾有追夢的意味。六七十歲了，依舊懷抱夢想，不放棄自己，多麼美麗的女人呀。

我其實做夢也沒想到自己會親近佛法。我小時候信的是天主教。信仰的是聖母瑪麗亞。

瑪麗亞的塑像很美麗，絕絕對對的美麗，除了美麗，其餘的意味近乎空白。

就像十字架上的耶穌，絕絕對對的俊帥，祂的表情和他身受的刑罰好像無關，我沒有看過痛苦表情的耶穌像，雖然想像中被釘十字架是非常痛苦的。但是耶穌很好看。祂和聖母的美麗或許是象徵性的，是彰顯祂們的神性，而不需要具體的因應祂們的感受。

美麗的瑪麗亞。美麗的耶穌。可能在基督教或天主教裡，靈性達到了某種高度，於是便美麗了。非常誠敬，純潔的美麗，無論男女老少，小孩或天使，都具有被塵世所認可的，標準的美麗。

而瑪麗亞，雖然《聖經》裡說祂是由人而成為聖母。但是祂從來不平視。祂總是「俯視」，就算畫像也一樣，祂總是俯視，祂在高處你在低處的目光。

而觀音時常是垂目的，有時甚至是面對面看著你。就像龍山寺的觀音佛祖。在看著祂時，會覺得祂注視著我們，就像在我們身邊趺坐著的親人或朋友。

在佛教裡，神性似乎不是以美麗來表現的。觀音算是比較接近「美」的意象的神祇，觀音的面相，重點仍不在美，在慈悲和關懷。其他的，就胖的胖，壯的壯，老的老，醜的醜。佛教的「人間性」，其實從神祇的面貌就可以看出來。

而我小時候非常怕佛教。怕廟宇，怕廟宇裡的香。怕所有的佛像，覺得祂們非常妖異。我時常做的噩夢就是金甲神在後頭追我，高大的穿著盔甲的金甲神，怒目金剛的臉，在後面追我，我沒命地奔跑，越過黑水白水。而不斷地恐慌著那隻巨大的腳掌會落在我的頭頂上把我踩成肉餅。就一路奔跑著，並且喊聖母瑪麗亞來救我，一邊沒命地念〈玫瑰經〉。我那時信的是天主教。〈玫瑰經〉到現在都還可以朗朗上口，就是小時候做噩夢都靠祂來救的。

一路被金甲神追了七八年。

後來有個信佛的朋友，我跟他講這件事。他告訴我說：看來是我有業障。我是那時才有了所謂「業障」的觀念。

以前只有「地獄」的觀念。

不乖

都說在父母眼中孩子永遠長不大。不過我們家裡，那個「最」長不大的，似乎就我而已。大約四年前，我媽跟我聊天，說著說著就哭起來：「我不放心你，我就是不放心你，我一想到你心都揪起來。」

那一年我六十歲。其他孩子我母親好像都不需要說這種話。我家裡就我一個，總是在給我母親做震撼教育。我娘從來沒「習慣」過我，每次稍稍覺得我「比較正常」的時候，我就又會做出點什麼讓她難以理解的事出來。自我有記憶，我娘對我就從來沒放心過。我只要出了門，她就覺得會在社會版上看到我的新聞。

我十九歲談戀愛，跑去左營看男朋友（我家住臺南），要坐火車。老媽給我五十元，附上字條，告訴我錢要怎樣花，多少錢買車票，要買來回，多少錢吃飯，多少錢坐公車，左叮囑右交代……要不是明白「老媽電燈泡」可能光度會太驚人一點，我猜她會跟我一起去約會，以便安心。

嫁人以前，我身上沒帶過五十元以上的錢。那是麵包五角，陽春麵一元五角的時代。雖說這樣，五十元也實在不能算什麼鉅款。因為很少看到百元大鈔，後來結了婚，老公一口氣奉上一個月薪水，呀，立刻眼花撩亂，十來張百元大鈔哩。我迅速明白自己「嫁入豪門」，馬上高高興興亂花一通……果然在第一個禮拜就搞得山窮水盡，於是回家去跟我娘要錢。

每次算命，算命先生都鐵口直斷我很會理財，不過說實話我相當疑心回去跟娘家伸手叫不叫「理財」，因為這一輩子，就一向是這樣「理財」的。

總之，我老媽總是一切都幫我顧好好。幫我計畫，幫我計算。我約會回來，她會在門口等，不騙你，站在門口等。

我老媽不是家庭婦女，她很能幹，嫁給繼父之後，她接手瓦斯行生意，開了三家分店。每天忙得只能睡三小時。我也不是獨生女，我家五個孩子。但是她就是對我一個人不放心。

她幫我規畫我的生活，計畫我的人生，從小如此。我小時候寫作文，是我娘在旁邊一字一句念給我聽讓我寫的。大約這樣，所以從小的作文就很「早熟」，被老師評說：「此女非池中物」，因此被派去參加作文比賽……就這樣成了作家。

我可能整個小學的作業都是她幫我寫的，因為老記得自己趴在作業本上睡覺，醒來臉上就印得一格一格的。她教我怎麼吃飯怎麼穿衣怎麼念書怎麼寫字怎麼跟人講話……我到隔壁雜貨店去買醬油，老媽都要從第一句話開始教起，先喊張媽媽好，然後說我媽叫我來買醬油……最後付了錢拿了東西要說謝謝。

我是老媽的第一個孩子，我理解她要把母親這個職業的「第一個工作」做得十全十美，不過她運氣不好，碰上了我……也可能是因為她規矩太多，使我誤以為破壞規矩是我的責任。

其實我沒有反骨，從小沒有，長大了也沒有，老了更沒有。從來都是站人多的一邊，可以做縮頭烏龜，絕不探出腦袋來。是「從眾」性格非常強烈的人，遇到任何事都先選擇不抗拒，雖然也正義感強烈，買電影票碰到黃牛一定挺身出來罵人，但其實是會先觀察旁邊人多不多的。心態上要覺得「群眾支持我」，才會義無反顧。我的正義感是「狗仗人勢」型。如果現場只有我和對方兩人，他就把人給大卸八塊了，我也一定閉目養神的。

但是，既有了「小孩的天職是反抗父母」的認知，可想而知，我就絕對不在那個所謂的「乖小孩」的範圍內。但是因為根柢上沒有反骨，所以我也不是壞小孩。

我媽有次說：「我也說不出你做了什麼不該做的事，可是，我就是覺得你這樣子不對。」

老媽一直不知道我問題在哪，我現在年紀大了，終於，好像，開始有點明白。

我不喜歡按程序來。幾乎所有事情。不是說我有意要打亂程序或拗著來，不是，我只是覺得：「這樣也可以呀。」

殊不知這世界許多人是小貓只能走小洞，買醬油的錢不能買醋，咖啡杯不能拿來喝茶的。我小時候寫字，要我照筆畫來，就快把我逼死，不是記不住筆畫序，是完全不懂為什麼別種寫法就不行，不是一樣寫出這個字嗎？

我後來生了個兒子。這傢伙是天才。四歲的時候，帶他去吃喜酒，他看到我們都在喜幛上簽名，他也要簽，因為正好站在反方向，他就順應那位置，反著把他的名字「畫」出來。

對他來說，名「字」不過是一些線條，他看到的「字」是整體的，像一幅圖，只要知道那條線該落哪個位置，從哪裡落筆都不成問題。

我小時候看世界，或者看事情大概也是這樣的吧。眼裡看到的是非常多的路，所以不明白為什麼只能走一條。因此，我自己覺得好好地在行走，外人看到就總覺得我「不乖」。

對那種很是規矩的人，我可能是像蟑螂或跳蚤一樣讓人不舒服吧。以前在銀河電臺做節目。銀河是網路電臺，每個禮拜一次把整周節目錄完。那時跟我一起錄音的，有個中廣出身的老播音員。有一天他終於受不了啦，在空檔的時候跟我說：「你說話時常阿阿阿你知不知道？」

阿我真的是不知道噯。我錄節目就跟我平時講話一樣，而我對於自己是怎麼說話的，其實沒有自覺。他很誠懇地教了我如何不要阿阿阿的說話方法。阿……呃，阿我發現我不阿阿阿我腦袋空白，播音的時候說不出話來了。我沒繼續在廣播這一行待下去，跟這個人的好心指導，唔，多少有一點點關係吧。

總之多年來，一直都很沒辦法的，因為只能做自己，所以就很不討喜地維持著自己的本色。但是沒想到年紀變大之後，忽然對於自己的不乖，可以理直氣壯了。

年紀大有一個絕大的好處，就是：比你年長的人不多了！所以，會糾正你的人很少。

我於是得以把自己的本性發揚光大。

我用桌巾當椅墊，拿被單當披肩，把披肩拿來蓋，睡衣當運動服，拿別針當鈕釦，用耳環當胸針，用項鍊當手鍊。花瓶拿來養魚，酒瓶拿來插花，沙拉碗養水仙，菸灰缸當小碟子，單人床做書桌，椅子做燈架……不一而足。

我老在想把一樣東西「一物多用」，當然也有實驗失敗的例子，可是萬一成功了，我就覺得自己對地球和全人類有了貢獻，給這個複雜的世界又多加了一項複雜的條目。

年景小記

我不喜歡過年。不喜歡任何節日。套張愛玲的話，從沒經歷過年節的好處，卻總是體驗年節的壞處。

小時候，過年過節唯一的，算得上好處的，大概就只有放假，不用上學。然而這個好處其實奸詐，因為還是有一大堆寒假作業，除了學校公定的那一大本寒假作業之外，每個科目老師都額外派習題（暑假也是一樣）。所以放假的第一天，以及之後的每一天，父母只要見到你就問：「寒假作業寫了沒？」我們不得不被迫發明出各種搪塞的技巧，從最基本的睜大眼睛，無辜和可信度百分百的直面父母（有時候是隔壁玩伴的父母，或跟本不認識的大人），簡單而自信地說：

「寫完啦。」到忽然抱著肚子開始哭：「我肚子好痛。」（有時是捧著臉：「我牙好痛。」）感謝人體有那樣多可以痛的部位，這個理由簡直就可以無限度代換，並且只痛一處不成功的話，可以一口氣連痛兩三個部位，沒有父母不舉白旗的。

父母關心我們的作業進度，其實跟兒童教育不相干，主要還是為了自保。每到開學前幾天，家家都「哭聲滔滔」，孩子們一邊寫作業一邊把眼淚鼻涕抹在作業簿上，作業有多難寫，哭聲就有多大，沒有父母不屈服的。到第二天交給老師的作業，大半都是父親或母親完成的。不過老師從來不追問這件事。我們的作業繳上去之後，就再也看不見了，從來沒有發還過。教室前方靠牆的教桌上，作業本高高堆著，像年節的賀禮。下了課老師就派值日生和這個那個股長幫他把作業抱回辦公室去。

我們那年代，一切紙張都可以換錢的。想必老師把那些寫完的作業跟「酒矸倘賣沒」的老頭換了麥芽糖。我們想像老師下班的時候帶著無數麥芽糖回家，他的孩子吃一學期也吃不完。永遠吃不完，因為過完了寒假還有暑假，更多的作業又要上繳了。

放假從來不是讓人開心的事。平常上學日子，早上起床吃了飯，交通車在外頭叭叭叭按喇叭，父母親沒命地把你往外趕，深怕你趕不上車他「代誌大條」，得設法送你。晚上放了學回家，吃完飯得寫功課，父母親也不會打攪你，深怕你寫不完他「代誌大條」，得幫你寫。所以上學的日子，我們的生活是祥和平靜的。但是到了放假，一切完全改變。忽然之間全世界的大人都在用一句話招呼你：「想挨揍啊。」倒不拘那個人是不是你的父母。眷村不言自明的法則之一就是：每個大人都可以管孩子。要罵要打都成。

我們時常會被不相干的大人招手叫喚：「過來過來。」聰明人懂得這時候要拔腳就跑，但是總有些一下反應不過來的，乖乖地走上前去，於是讓那人照腦袋一巴掌。小孩子挨打是不需要理由的，如果知情識理，做父母的還得感謝這位動手的人，因為小孩不打不成器，人家在替自己管教孩子。

放假的時候，村子就變小了。小孩子到處遊走，整個村裡的三分之二人口在上學期間是擱在學校裡的，這時候忽然在全村子裡占地方。那麼多孩子讓人心浮氣躁。唯一讓人平靜的方式就是喊個小毛頭過來搧腦袋。孩子們都很大度，沒有人會計較。打完了頭哇哇哭叫兩聲意思意思；那就像某種數學程式，一加一等於二，從「過來過來」開始，到哇哇大哭結束，標準程式，一個環節也不會少。之後大人小孩照舊過日子。

我母親逢到假期就會發明出一大堆事來讓我們做。只要稍微空閒一下，她就會忽然發現茶杯沒洗地沒掃桌子沒抹衣服沒摺老爹的鞋子沒擦，要不就是忽然有一大堆東西要買，給你兩塊錢叫你去買醬油，買回家了再給兩塊錢讓你去買醋，買完了醋犒賞你五毛錢讓你買糖。從來不一次讓你買全。每逢放假反倒比上學還忙，我實在沒辦法對於假期有好感。

成年之後，這個狀況繼續。到了年節總是特別忙，大家都在趕，許多事擠上來。我這一生都是自由業，從來生活步調沒快過，逢年節要趕東西就分外辛苦。前幾年寫劇本，過年趕稿還為了另一件事，希望年前可以拿足酬勞。講到錢上，不管小時候或成年之後，我一直是過路財神。小時候拿了紅包要上繳父母，大了之後，拿了錢要到處分發。我過年從來都兩手空空，錢到手就分掉。不過猜想中華民國至少有三分之一人口跟我狀況差不多，其實也沒得怨的。

我還討厭過年一件事，大家都放假。連餐廳雜貨店都放假。連路邊攤都放假。我變成「寫作人」之後，失去許多基本能力，其一便是料理食物。東西弄熟當然不成問題，但是「熟食」和「美食」絕對不是同一回事。過年的時候吃自己的料理實在是沒法不覺得悲慘。

從前還不流行年菜宅配的時候，逢過年，除了餅乾泡麵，簡直沒得吃的。我沒法忘記那種街頭漫步，舉目茫茫，一家館子也看不到的悽慘景象。一邊覺得自己天涯淪落，斯人獨憔悴，還一邊得被迫聽全世界放鞭炮，劈里啪啦在耳邊鋪天蓋地。每逢年節我總覺得我是外星人，到了無人星球上。

不過今年的過年，心情有些變化。可能因為年底剛選舉完，有種大事底定之感，在選舉完到年前的那幾天裡，每次出門亂逛，幾乎是逐步感受到年節氣氛的浸染。家附近有黃昏市場，年前一周就已經開始賣年貨。南北乾貨，水果蔬菜，糖果點心，每一家都是滿坑滿谷。攤位上掛著春聯和鞭炮裝飾。市場裡擠到不行，到人與人並肩抵足的地步。

這是傳統市場，攤販大聲吆喝，摩托車叭叭按喇叭，大家放大聲量說話，實在是吵得很，然而在這樣的洪流裡，四下轟轟然，充溢著聲音，色彩，氣味，卻忽然覺得民胞物與，有種與眾人一體的感覺。

或許自此以後，會開始喜歡過年了吧。

歌

現在不大聽歌了。主要是太耗時間。聽歌時總會被歌聲帶領過去，結果什麼事都不能做。聽的也不是嚴重或高深的歌曲，不過是流行歌，但是依舊為那些音聲給牽引，很快便茫茫，感覺自己神魂飄蕩，失去知覺，平躺在幽藍色的水底。

從來沒有人為我唱過歌。大概不知道我是容易被聲音打動的人。四川的一個咖啡店網站上寫了店主開店的故事：她是漢族女孩，到四川去旅遊，住在瀘沽湖畔，有個摩梭族男人每天到她窗下唱歌。後來她就嫁給了他。兩人開了這家店。

網路上有兩人的合照，並不特別俊男美女。就普通人，尋常夫妻。男人臉黑黑的，像是農人。從外貌絕對想像不出他能唱歌，且也想像不出那付壯實身體裡能流洩出如何的歌聲。據說摩梭人求婚都是要唱歌的。也許他就只在發情的時候唱歌。一生中只有那個階段，唱來了一個老婆，此後封「喉」。

我作女孩的時候決定要嫁給聲音好聽的男人。要聽一生的聲音啊，不好聽怎麼成呢。並沒想到要求別的：長相，學歷，性格，經濟背景。後來發現如果許願的話，願望總是達不成的。跟我有關係的男人很少聲音好聽，卻也不知道怎麼就在一起。跟這個聲音普通的男人在一起生活，一邊去聽著別的男人的聲音。當然，後來也發現聲音與人時常是兩回事。很少碰到配得上他自己的聲音的人。聲音好像是身外之物，與我們無關，像是借來的，或是某某寄放的。唱歌的人會倒嗓，發不出聲音。那時或許便是寄放的人把它拿回去了。

安徒生童話裡，小人魚公主想變成人，提供她靈藥的巫婆答應給她一雙腿，但是要拿她的聲音來換。據說人魚的聲音很美。她們坐在岩礁上梳著長髮，一邊唱歌，來往船隻聽到了歌聲便撞毀在礁石上。美的威力總是破壞性的，無論是外貌，聲音，或者物品。小人魚是如何給出她的聲音呢，而巫婆又是如何拿取呢？她是配不上那樣美麗的聲音的，於是只好藏在保險箱裡，告訴自己擁有了，然而永遠不能使用。甚至不能打開來讓人觀賞。聲音真是悲哀的東西，它無依無憑，像風，甚至不能用氣味測知它的存在。

非常非常早的記憶，我母親在唱歌。那時候她還年輕，主要唱周璇的歌。在她的年代，流行歌曲的唱法就是周璇那樣：捏著嗓子，帶點鼻音。像是平劇青衣唱腔的轉化版。

周璇號稱「金嗓子」，那黃金般嗓子的珍貴之處，不是音色，而是發音方式，無論多高的音，她都可以翻唱上去，似乎毫不費力。另外氣長，尾音不管拉多久，始終維持著穩定。我猜想應當也是平劇的發聲法。不是直嗓子喊，而是從丹田吐聲音，在腦腔共鳴。周璇的嗓音綿軟，聲音雖是捏著的，卻有種渾闊，潤且厚。

過去形容嗓子美妙，皆用「黃鶯出谷」，或許早期的「歌」某種程度是在模仿黃鶯。至少在東方是這樣。中國的歌曲或民間技藝，女嗓大半高亢柔婉。似乎只有梆子是用「真」的聲音。而男嗓的發音是另一路，要似黃鐘大呂，音聲寬廣開闊，像鐘鳴般磅礴，充塞天地。日本能劇唱法亦有相似的意味。

在最初，人類沒有自己的聲音，多是模仿自然界的動物音，加以圓滑的修飾。甚至西洋的歌劇和民歌也如此，不接受「破」聲。人類以真實的聲音歌唱，歷史大概還不到百年。到現在，西洋樂界，尤其唱重金屬的，以聲音的破裂為性格表現。甚至瘖啞乾枯之聲，只要傳達了情緒，往往比美麗的聲音更能撼動人心。要找尋自己，似乎必須先面對自己的不堪與醜陋之處。美麗大半相似，甚至有標準規格；只有缺陷為我們所獨有，使我們與眾不同。

我母親的聲音也是柔軟的，那是她著意造成的，還是江南人的習慣則不得而知。她唱歌總很小聲，多半是在哄我們入睡的時候，唱著〈天涯歌女〉，或者〈永遠的微笑〉、〈鍾山春〉、〈兩條路上〉。因為清唱，伴奏大約在她腦子裡，她唱得緩慢，時續時停，像帶旋律的喃喃。聲音昏昏的，跟夜晚的暗昧連結，形成某種奇異的溫暖和讓人安心的效果。我們通常很快就睡著了。從來沒聽完整首歌。

那是我最初理解的美。透過聲音，透過歌。在傾聽的時候，似乎有安寧甚或幸福之感深深滲入，周遭和我的心都變得和諧。音聲總像是另一種東西，幾乎能轉化一切，透過看不見的波動，將某種類似神聖的感受轉印到我靈魂上。

那年代電視還沒出現，收音機也很少。多數人家裡沒有的。村辦公室裡有一臺，村長就接上擴大器把廣播節目放給全村聽。白天，如果是歌唱節目，歌聲就在淡藍色的天空底下震盪，在開枝散葉的大樹枝椏間迴繞。事實上，聲音在開放空間中傳送，並不穩定，甚或略有變形，隨風吹的方向，忽強忽弱。我靠在窗口聽。那時而銳細，時而微弱的歌聲，在空氣中飄來飄去。雖明知那是從擴大器裡出來的，源頭在村長辦公室，卻有種大地或整個世界在發聲的感受。

我們在自己家裡也唱歌。在教會裡唱歌，在學校唱歌。每個人都唱。唱歌是娛樂，同時也是非常嚴肅的事情。我們在教堂裡唱聖歌。風琴起前奏，領唱的就拉起顫抖的高音，濃濁的女聲，溫溫的內在熾紅的一根炭柱，其他的聲音就渾然地被吸附過去，形成不規則，卻廓然成序的一整片，匍匐在聖壇前。

不知道什麼時候起，唱歌成了技藝，不再是每個人都會的行當。我們從自己開口唱，變成了旁觀者。傾聽這件事代表著自己噤聲。就算在ＫＴＶ，拿麥克風的也總是那幾個人。到處都是卡拉ＯＫ，不過許多人的聲音被奪去了，我們不唱歌，只聽別人唱歌。甚至也並不仔細聽，環境總是昏昏的，煙霧瀰漫，有人說話有人吃東西有人喝酒。我總覺得卡拉OK完全不是唱歌的地方。

前陣子去四川。在賓館裡吃飯。隔壁一張大圓桌，一桌人，有男有女。他們邊喝酒邊唱歌。開心得很。我好奇的是：幾乎每首歌都是大家一起唱，所有的歌所有的人都會。只要有個人領頭，其他人立刻就跟著唱起來。當時我用 iPad 給他們錄了一段。錄影的時候，他們也不介意，後來唱完了，拿酒過來找我喝。

最近把這段錄影重看了一遍。那一桌快樂的人。他們整頓飯裡都在唱歌。猜是少數民族。因為有些歌的語言很特別。而聲音清冽，渾然的和聲中，依然可以聽出個別的聲音。歌詞裡甚至有「感謝毛主席」的字眼，不過聽起來一點也不礙事。歌的確是身外之物，就算是「長亭十里送別」或「感謝毛主席」，一樣可以用來下酒。因為是在唱歌，把自己交託給了風與空氣。

牙齒

我的牙是所謂「鼠牙」，就是細細小小，米粒相似，齒縫大的那種牙。傳我母親的。我母親牙一直不好，我也一樣，似乎不記得家裡其他小孩牙齒有毛病，不過我是總在牙疼的。

老是在看牙。多半我父親帶我去。我們坐公共汽車，一定路很遠，因為看牙的時候就向學校請假，得花一整個下午。醫生是如何整治我的牙齒的，一點記憶也沒有，倒記得抓著爸爸的手，他總是牽著我的手放進他腰側褲口袋裡，他走路，我半跑半走跟隨，年紀也不大記得，因為看牙的時候太多了，大概跨許多年。總是父親帶我去。時常用跑的，總在追趕公車，不懂為什麼從來沒悠閒走路過。上了車就坐在他腿上。兩腿打開，腿肚子貼著他的軍服褲腿，卡其布料滑滑的，硬而挺，那種厚實帶點粗糙的感覺非常可靠，可依賴。凡是帶厚度的，沉實的布料，總讓我想起父親。

看過牙回來，我們就又坐公車回家。有一次，可能是剛拔過牙。我不知道為什麼一路哭。現在想這個哭是沒道理的，痛的時候已經過了。可是我一直哭，後來父親就帶我下車，我們停在成功大學後門口。那時候的成功大學有紅磚瓦牆，牆頭砌方正的灰色水泥。那年代多數外牆都那樣。後門很大，對開的兩扇鐵門。這時關著。圍牆外雜草叢生，讓馬路的鐵青灰色柏油路面阻住，自成界線。

走了很長一段路後，看到旁邊有一家小店，灰蓬蓬的，竟然在賣冰。我爸就帶我去吃冰。店裡很小，幾乎就跟我們自己家裡一樣小。放兩張小桌子。老闆娘極瘦極老，跟古裝片裡的人一樣，頭髮挽在腦後，腦門上箍一片淺灰色髮帶，正中央一顆鈕釦還是別針什麼的東西。身上竟也穿著大襟唐裝，小腳。

我點了四果冰。送上來的時候，發現那「四果」是切成丁的西瓜皮，西瓜肉，香蕉肉和香蕉皮。小時候很少吃零食，不過這樣的「四果」也知道是不對的。我沒把東西吃完。事實上就只是一碗糖水。父親囫嚕囫嚕把糖水全喝了，是花了錢的。

之後我們離開，到路口站牌旁搭公車回家。老太婆店主就隔著陰陰的綠紗窗看我們。四處異常安靜，遠處有沙塵輕揚，那天非常熱。我模糊地覺得我們可能是撞到鬼了還是怎麼。不過因為我爸不信這些，鬼或神都不信，覺得那是女人家的毛病。所以我什麼也沒提。

大約十年後，我們家搬到了成大後門，跟這一家做了鄰居。那老太婆還在，也並沒有更老些。還是穿得像《紅樓夢》或《鏡花緣》的市井巷弄裡出來的。她不賣冰了，改賣雜貨，菸、酒，糖果餅乾，醬油麻油。店堂裡有一半讓一張大床占據了，床上鋪草蓆。貨架就放在床頭和床尾，抵牆靠著。她平日坐在床邊上，一腳垂著，一腳弓著踩住床沿，不住搧扇子。往裡進的門上垂著藍花布門簾。這些有可能我小時候來的時候都在，但是那時候觀察力不行，完全沒注意。

她家裡有個女孩，從來沒見過，只聽見她尖叫。她偶爾就會尖叫，不拘白天晚上。有時候上她家買東西，屋子裡尖叫傳出來。類似汽笛，分明是人聲，卻帶有無機感，似乎某種器具，既不悲傷也不恐怖，只是乾乾的，或許是某種呼吸方式。在那個容易胡思亂想的年紀，我就想像那藍布門簾之後，或許是巨大的喉嚨，一個管道，在某處被擠壓，便呀然出聲。一種呼吸，或生存方式。

也許就是那樣，根本就沒有什麼女孩。

我總是在牙疼。年紀大了以後就不看牙醫了。牙疼的時候擦齒治水。牙根部分很快麻了。不是不痛了，比較像麻的新鮮感分了心去。感覺自己的臉，有些部位脫離了自己，無知無覺，若是拿刀去切一塊下來也不知道它疼不疼。當然理性上知道必定會疼會流血。我年輕的時候是危險的女孩，總在想著殘酷血腥的事情，因為害怕。害怕這件事好像會讓生活或生命立體起來。我需要身邊有一些可怖和難以預料之事，需要有一些不是因為愛而心跳的事。

後來結了婚。牙痛的時候就縮起來窩在床旁一角，抱著自己的臉。感覺自己終於柔弱了，因為從來都是很強壯的人吶。但是對方一定要帶我去看，去看了就要「根管治療」，抽神經什麼的。很粗的麻藥針管從嘴巴裡戳進去，完全不知道戳進哪裡。然後整張嘴就空曠了，好像攤開在塞北高原上，什麼感覺也沒有，只聽見各色整牙機械在嘴裡忙亂，咕吱咕吱亂響。然後忽然間一切結束了。醫生把我嘴巴裡塞了一大堆棉花，好像口頭吩咐我不要講話還不夠放心似的。

我感覺我像戴著面具，下半臉不存在。照鏡子的時候看到它還好好在那裡覺得怪極了。並且也不像我自以為的一直在滴口水。不照鏡子的時候我便覺得我是沒有臉的人，脖子以上空白，像拿下了裹頭繃帶的透明人。非常之存在主義，透過無法感知自己的存在而存在。

好像是谷崎潤一郎的小說。某個男人有了情婦，這位小三管他管得非常緊，每次見面都要嗅聞他身上，因為不准這男人和老婆做愛。無論男人怎麼承諾自己沒跟妻子行房，女人總是不相信。後來有一次，兩人正在燕好，男人忽然感覺肩頭一疼。女人在咬他。她在他肩上留下圓圓的齒痕，深而且明顯，這樣，只要他脫下外衣，就必須解釋這個牙痕是怎麼來的。

《天龍八部》裡，段皇爺也被某個怨他負心的舊情人生生咬下一塊肉來。牙齒竟是用來留下印記的，無論是留在肩上，或留在心口。我總以為要痛恨一個人才會忍心讓那個人痛。不過有時候愛到難以罷休的時候，讓對方痛是為了記住自己。

至於是因為愛還是因為恨才記住的，卻也計較不了那麼多了。

記憶

我不大相信記憶，一切的記憶，包括我自己的。

有一次跟位導演聊天，我盛讚某演員連喉結都會演戲。一場表現渴望的戲，中景，螢幕特寫他盯著他的目標，之後他拿起水杯喝水，水下喉嚨時，整個鏡頭移到他下巴和脖頸的位置，大特寫。他的喉頭開始起伏顫抖，然而非常隱微，緩慢；他在克制他的慾望，尤其因為在克制，益發顯示了渴求的強烈。他屏著氣，但是卻讓觀眾喘不過氣來。之後，緩慢的，他的喉結滑降，有什麼落下去了，被平伏或抑制了。

導演聽了我這段敘述，很平靜說，我可能看錯，不可能有任何導演會讓演員用這種方式表演，因為太隱微曖昧，不容易準確。我回家之後立刻找出了ＤＶＤ來察看。反覆看了好幾遍。導演說的沒錯，根本就沒有這段畫面。

明明全都記得，在電影院觀看，大螢幕，我一個人坐在席位上，為那充斥整個螢幕的安靜卻潛伏著慾望的喉結所撼動；那時候的震驚，那時候的強烈印象，現在證明完全是我自己的記憶錯置：那個畫面並不存在。然而，我的記憶卻又從何而來的呢？

阿莫多瓦說過類似的事情。他在籌拍《我的祕密之花》（*Flower of My Secret*）時，超脫合唱團（NIRVANA）的主唱寇特．科本（Kurt Cobain）自殺。隔天所有報章雜誌都上頭條。阿莫多瓦記得有份報紙（他記得是《世界報》）刊出了寇特死前的最後一次專訪，標題就是：「我的痛苦，難以言喻！」

因為正好符合《我的祕密之花》要表達的，阿莫多瓦特地把報紙留下來。他計畫開拍時，第一個鏡頭就要拍這張剪報的標題：「我的痛苦，難以言喻！」短短八個字，卻把女主角的處境表達得淋漓盡致。沒有比這更強有力的點題方式了。

然而開拍之後，他找不到自己留下的這張剪報。把全家都翻遍了，沒有。他要工作人員去找。助理到各大圖書館，資料室，查遍所有可能刊載這篇專訪的報刊雜誌，也包括《世界報》，但是沒找到這份報導。甚至寇特自殺前後半年間的報刊雜誌也一一翻查過，得到了許多與寇特自殺相關的材料，但是沒有任何一篇是用這八個字作為標題的。

這事的奇妙之處是，最初阿莫多瓦提到這篇報導時，大家都有印象，許多人也記得那八個字的標題，記得專訪的內容。但是，因為完全找不到，其他人就開始改變說法，認為自己可能記錯了，或是把類似的句子混淆成這八字標題。也有人認為這根本是阿莫多瓦的想像；或至少也是他把自己的觀點覆蓋到真正看見的東西上。總之，事實是「那份報導不存在」，因此，大家飛快地修正了自己的記憶。

阿莫多瓦抗拒這一點，他說：「我的才華沒有好到足以創造這樣簡短而精確的句子。不，我沒那個本事。」他保持懷疑，卻又無法證實自己的懷疑。因此選擇不信任記憶，也不信任遺忘。讓事實停留在「某處」，某個無法界定卻也無法抹除的某處。

我們一般都會認為記憶是很重要的。因為記憶住所有發生過的事，好像我們的人生才得以存在。所以失憶這檔事，基本上讓人歸類為悲劇，因為過去白活了。因為一切要重新開始。大概有點像羅曼兄弟崩盤時多數受害者的心態：「一夕之間，一切失去了。」然而，如果沒有失去，只是被變造呢？

一個不準確的記憶，被證明是錯誤的記憶，跟完全消失的記憶，到底哪一種更糟糕，實在不容易決定。但是，真正的事實，科學家做過實驗，我們的記憶，其實就一直存在著這兩種情形：「完全消失」，以及「部分被變造」。只是規模不大，不至於使我們懷疑自己，所以沒有太多人在意。去年的影片，國外拍的，談南京大屠殺。在事過快七十年後採訪當事人。裡頭一位老先生邊哭邊回憶，如何看到自己的姊姊母親被日本兵姦殺，形容歷歷。我當時就很疑惑，這位苦主到底躲在哪裡才可以看到全部過程而不被害。不是說這個人「捏造」史實，而只是，實在很有理由懷疑他的記憶，在這麼多年後，是不是摻雜了許多雜訊，已經被「加強」過了。

記憶存在的重要性在於「確實」，但是近年來對於記憶的研究，卻在在證明，記憶其實是很難準確的。歐美許多刑案紀錄裡，證人的記憶時常被「事證」或「物證」推翻。我們記住的，往往不是事實，而只是情緒和感覺，而記憶會被這些情緒和感覺修改。許多記憶並不正確。而大有可能不正確的這些記憶，之於我們，它的意義在哪裡呢？如果所有我們努力記憶的這些事情，這些人生，在事過境遷之後，被證明其實不是我們所記得的那樣，或甚至完全是我們自設的虛構，那麼記憶，於我們，其意義在哪裡呢？

我繼父過世時九十九歲。但是早在那之前，他已經開始有失憶的情形。父親不是老年癡呆，他認識所有人，從來不會搞錯親朋好友或孫子孫女。只是他跟我們聊天的時候，顯然完全喪失了他對往事的記憶。他跟我們講述他的過去，與我們一向所知的完全兩樣。在他晚年，他所回憶的，那個顯赫的，毫無遺憾的人生，與其說是他曾經活過的，不如說是他現在為自己構造的。

他回憶他曾經參加的戰役，指揮過的兵員，被長官召見，長官對他的鼓勵。非常詳實，精確，場景，服裝，對話。有如小說，或電影。我們跟他談話時在一種幾乎魔幻的狀態，他如此真實地在「回憶」那些在他生命中不存在的事情。我們附和他，因為真正的往事不在他的記憶裡。

我父親的「記憶」，在他往生前幾年安慰了他。他年老，並且無關緊要。他的記憶正確與否，對任何人或事都沒有影響。在他最後這幾年裡，他用記憶修正他的人生，撇除那些不愉快的，難以承擔的；而誇大所有的光榮與甜美，加添了原本不存在的，描繪了無有之地。

由於記憶是這樣容易被影響，幾乎可以認定：我們事實上都不自覺的，多少在變造自己的記憶。我們所記憶的，與其說是真實人生，不如說是我們的願望，與及對自己人生的真正定義。

西班牙導演路易斯．布紐爾在自傳裡說：「我憑我的事實和謊言為自己刻畫圖像，這就是我的記憶。」

記憶其實是當事人在自己千瘡百孔的人生裡願意存留下來的東西。每個人用自己的意願解釋自己的人生。有些人留下糖，有些人留下鹽。鹽也是淚水和汗水，以及血的滋味。

而我很高興我父親在最後幾年給自己的人生留下了甜味。雖然是不存在的糖，但是，又有什麼關係呢。那顯示他最後時刻用何種方式看待自己的一生。於別人無關緊要。於他自己，他確實那樣活過了。

時光備忘錄

因為相信白紙黑字，所以懷孕的時候買了許多育兒書籍，其中有一本，作者談到兒女於我們的意義，有異常美妙的說法。書上說：「養兒育女是為了讓每個大人有機會再度成為孩子。」

在我的時代（大約一九五〇至一九六五年間），我認為至少有百分之五十的孩子從來沒有做過孩子。我們被迫提早分擔家務，照顧弟弟妹妹（通常只比自己小一到三歲，通常數量兩個以上）。幾乎每個家裡的長兄或長姊，天經地義的責任都是做幼齡褓姆。我到現在依舊奇怪，被我們這些不及格的小褓姆們帶大的弟妹，為什麼竟能夠活的好好的。

實話說，讓「孩子」去照顧「孩子」，大孩子的概念是以不妨礙自己活動為優先，所以背著弟妹「追趕跑跳碰」有之，玩到根本忘記了世界上有這傢伙存在有之，直接拿這不會抗議的小東西作為「工具」或「武器」有之……不把嬰兒當嬰兒的話，其「功能」是十分強大的。

比較上來說，我的童年還算輕鬆。除了照看弟妹，偶爾灑掃庭除（我爸不知為什麼很信〈朱子家訓〉那套），不需要做什麼超齡之事，但是隔壁家的小夏命就沒這樣好了。小夏跟我一樣，都在念小學一年級，不過小夏老是趕不上交通車，因為她得把飯煮好才能去上學。那年頭還用煤球，萬一晚上沒顧好，煤球熄了，就得重新燒。我媽時常在我上學時，面對著竹籬笆那一頭的白煙滾滾，威脅我說：「你要不認真念書，我就拿你跟小夏換。」

以前那個年代，「孩童」到底是什麼東西，實在很難說明，不過可確知絕對不是人類。我們以前不知道「子女」這東西是和「父母」有某種關連的。如果去問自己是「怎麼來的」，答案通常如下：「垃圾堆撿來的。」「誰誰誰不要，所以我就帶回家了。」還有：「跟撿破爛的換來的。」

不但父母親這樣說，隔壁的鄰居大人，偶爾萬分無聊（那時候可沒有電腦和電視哇），想找樂子的時候，也會嚇小孩說：「你媽不要你了，要把你賣給收破爛的。」或者：「你爹說等你晚上睡著了要把你丟到茅坑裡去。」小孩一把眼淚一把鼻涕哇哇大哭之際，一旁伴奏的必然是大人的哈哈狂笑。

我們那個年代的人，多數活得謹小慎微，或許和這種認知有關，我們不大確知自己在家庭，甚或這個世界的必要性。在我們的時代，孩童之為物，至少在身為兒童的我們自己看來，是某種不關緊要的物件，或許還比不上一張糧票。大人可以把我們互相換來換去，可以買賣，如果心血來潮，還很有可能會把我們丟掉。

請不要誤會那個時代的父母不愛孩子，一樣愛，只是當年人們表達愛的方式是：絕對不要讓人知道你愛他。無論親子關係，情人關係，朋友關係。我們都不大提愛字。「愛」能夠這樣輕易地脫口而出，肥皂泡似的滿天飛舞，幾乎到「用過即丟」的地步，這種景況發生還不到半世紀。

「我愛你」不是生活裡的字句，是好萊塢電影裡的，日本中國臺灣香港電影裡都沒有。是言情小說裡的，嚴肅的文學裡，人物彼此不討論這個事。或許全本書都在傾訴情意，但沒有人說愛這個字。《愛眉小札》裡徐志摩和陸小曼情濃得堪比麥芽糖，然而全書沒有「我愛你」三字。

講到這，「愛」在這世界上太多，或許真正的真情實意，要發明另一個字眼來表達吧。

我小時候實在沒做過孩子。非常之老成持重。做的都是應該做的事。我們家裡有一則傳奇，就是每次弟妹挨打的時候，我都會上前去抱住弟妹，讓父母的棍棒落在我這個作姊姊的身上。以目前的睿智來看當年，我實在大大疑心我小時候不大正常。又沒連續劇看，看電影也是一年才發生三兩次的「盛事」，我實在不懂我這套捨身護妹的義舉是從哪裡學來的。

總之，我正式「成為孩子」，不瞞您說，的確是從有了孩子之後。

我十九歲結婚。一直到現在還是覺得作家庭主婦是最舒服的行業。這是說老公對於你窩在家裡幹什麼毫無概念的話。

我黎明即起，買菜做飯……那年頭只要天一亮，就滿街賣菜賣肉的攤販，而且只有生活不檢或浪費成性的人才會在外頭買早餐。我們都自己做飯。而且，為了節儉的緣故，或者為了愛的緣故（假如正是新婚）；我說過我們那年頭不說愛的，要表達對某人的感情，唯一方式就是她給你什麼你都吞下去，包括難以下嚥的飲食，難以下嚥的生活方式，難以下嚥的……種種種種。那年頭物質缺乏，我們都不知道可以換一個。

總之，我很賢慧地買菜做早餐送走老公上班之後，他在辦公室的十小時（上午八點到下午六點），偶爾還會再加上通勤兩小時，我就完全是個自由人。在結婚之前，做什麼上頭都有個母親大人。而現在，終於，全家我最大。

不騙你，我在結婚之前，手上經手的最大金額是五十元。我結婚當天，我老媽一項項幫我check，該帶的是不是都帶了？該做的是不是都做了。她喊我起床，帶我去美容院做頭髮，看我換上禮服，把我送到新郎家裡……我媽的顧慮不是沒道理的。婚宴結束後，她回她家我回我家。新郎先生大約覺得我太依賴母親，要從頭訓練我。我們那時住左營，我那新婚不及四小時的老公說：你自己回家試試。理論上，這個新家，「我們」一起來過很多次了。

結果就是新娘子果然不負眾望，在左營街上迷途到半夜。

經過這次教訓後，我老公就明白我是很容易丟掉的。這之後，直到我三十歲前，去哪裡我們都同進退。

這段約莫十年上下的，到哪裡都有人帶路的經驗，讓我正式成為了路癡。想當年我作小孩子時還常常到處鑽小路，總能找到路回家。成年後，我的認路雷達就完全被屏蔽，每條路看起來都很像另一條路，尤其現在到處連鎖商店，實話說，不能怪我老是覺得這一家店長得跟那一家店很像。不過現在，「小心老媽出沒」的任務已經由三個孩子接手。我們全家出巡時，必定一人在前一人在後，另一人忽焉左忽焉右，提防老媽在逛街時出沒無常，忽然就消失不見了。

回到四十年前，敝人的家庭主婦生涯。那時家用電話這種玩意極為稀有。通常有電話號碼的地方不是叫某某處，就是叫某某所，再不某某府，某某廳，或某某公司。而且接電話的都是同樣的傢伙：名曰「總機」。你只要撥電話，一定是「總機」小姐（總是小姐）接。這些小姐們，我時常好奇她們有沒有可能長得一模一樣，因為聲音都是一樣的，一樣的音色，一樣的腔調。我後來認識了一位總機小姐，才知道她們也能說人話的，不過在接電話的時候，就全部都是同樣的聲口。就像過去的播音員有標準腔，報新聞時一體的鏗鏘俐落。讓人覺得她們一定是立正在報新聞。

故此，一般人家是沒有家用電話的（美妙的時代啊），不可能互相查勤。老公與我家門口一別，消失在路口。說實話，那跟他消失在外太空或是異度空間是一樣的。總之，暫時，在餘下的十到八小時裡，世界上沒有這個人。我做「自由人」年資尚淺，實話說不很清楚自由可以拿來做什麼，因此就開始睡覺。睡醒了就看電視，電視收播了就看小說，小說看完了就看另一本小說。我嫁的那個人家裡很多書，這是我變成小說家的原因。如果他家裡很多錢，我猜我現在會是個銀行家。

這是我一生最為無所事事的日子。說實話我不知道錢夠不夠花。我對錢的認知只有兩種：五十元以下，我會計算著過，五十元以上，那就是一筆大錢，估計買下總統府也沒問題。所以老公發薪交給我的錢都超出五十元以上時，我覺得全世界再沒有人比我們更有錢了。四十年後世界出現了《祕密》這本書，我才發現原來我早就在使用祕密法則。因為沒有匱乏的心態，因此，在實際生活裡，似乎也什麼都不缺。

生下女兒之後，我算是有了打發時間的另一個「工具」。老公與我家門口一別，消失在路口。我就開始帶了孩子睡覺。睡醒了就帶著孩子看電視，電視收播了就看小說，小說看完了就看另一本小說。因為餵母奶，所以沒有睡夢中必須爬起來沖泡奶粉的困擾。而且小孩在我身上「吃飯」的時候，也完全妨礙不到我看小說看電視直接給他呼呼大睡或其他活動。

當然小孩沒法像電視或書本那樣「自動化」，要它開就開要它關就關，但是小孩也不像電視劇或小說那樣可以預料。看書可以先翻尾頁看結局，看電視電影可以猜，謎底頂多九十分鐘必定揭曉。但是小孩實在是神祕極了。實在不像是人類。你永遠不知道下一秒鐘會出現什麼狀況。

這個新鮮的，既脆弱又美麗的東西。注視她的時候，如果認真思考，就會詫異自己為什麼能夠「變」出這樣的東西出來。

艾克哈特．托勒說過這樣的話：「首度體會到美，是人類意識進化過程當中最重要的事件之一。因為喜悅和愛的感覺是與那個體會息息相關的。」

有了孩子之後，「美」這件事毫無疑義的，不需比較不需判斷的，以一個嬰兒的模樣具現出來。我時常會看她看到發呆，就像那是個與我無關的，以我不理解且無能干預的方式成就的完美。世界上怎麼會有這樣美麗的東西呢？而且這種美是全方位的，不但悅目，而且「觸感」柔和，超過天鵝絨。聞起來亦極為香甜美妙。難怪國外有這樣的諺語：「糖，香料，以及完美的味道，是製造小女孩的原料。」

「無所事事」或許不像一般以為的那樣沒有出息。極可能是進化的初步。因為無所事事，所以我有大段的時間盯著我自己「變」出來的這個造物發呆，並且對她身上發生的任何狀況都充滿驚奇。

嬰兒出生之時穿棉紗織的小內衣，柔軟到幾乎要化在空氣裡，但是女兒就被這衣料給割傷了。洗澡時脫下外衣，會發現她身上一條一條傷痕。嬰兒的皮膚竟柔嫩到如此。且她手指或腳趾間裡總是會有羽毛似的輕絮，完全不知道是哪裡來的。這樣小的嬰兒，又沒能力移動，也不可能抓摸什麼。而手指和腳趾縫裡就總是有那些香暖的柔絮，讓我覺得她或許在我不知曉且也無法進入的空間中，接觸過天使。

我應該是非常幸運的母親，得到的是健康的小孩。不但身體健康，性格也不錯。女兒是射手座。我但凡聽到朋友小孩是射手座，都要恭喜他。射手座是自備了守護天使的小孩。碰到任何事都能逢凶化吉。且也不鬧情緒，想哭就哭，哭完就笑，一點陰影也沒有啊。唯一的問題就是好奇心無限，不過作母親的只要心臟強一點，射手小孩的行為也沒什麼好擔心的。

凡是育兒手冊上警告父母必須提防的事故，我女兒都發生過。她三天兩頭從床上掉下來，其不可思議已然到達神蹟程度，我在床邊放被子放枕頭做圍欄，她能夠掉下床來，我自己橫身擋在床沿作圍欄，她能夠「越」過我，掉下床來。如果直接鋪席子睡在地上，她能夠消失不見，不知道滾到哪個角落去了。天吶，不足五十公分的小嬰兒呢。而因為摔下床來她也不哭不鬧睡得十分香甜，所以這也就變成我們家的常態。

另外她什麼都吃。因為書太多，書架放不下，許多書就直接排排放在地板上。這傢伙會爬之後，就把最底層的每一本書的邊頁都給啃了。不能吃的她都吃了，可以想見能吃的她當然是來者不拒。可能消化能力特強，雖然時常在她便便裡看到種種形狀完整的物件，可是她的腸胃從來沒出問題。

女兒可說是我這一生裡，頭一個認真觀察的人類。在這之前，「觀察」一事，基本上是功利性的。

在我們的時代，「大人」和「小孩」，直截了當就是兩個階級。對於「階級」，最簡明有用的理解就是：「位於上階的，基本上不在乎下階的死活。」因此，位於下位的，要避免無妄之災，就得學會「觀察」上面的風色。大約上了四歲之後，我們就很明白凡是大人（包括父母師長鄰居，比我們大幾歲的兄姊或別人的兄姊）都非我族類，大有可能是火星人或《山海經》裡出來的。完全跟我們使用的不是同一種思考邏輯，有時甚至不是同一種語言。我小時候就非常困惑，為什麼做錯事挨罰的時候，大人總是說：「你下次試試看！」如果這件事不該做，為什麼還一直要我「試試看」，既然一直要我「下次試試看」，那我就不懂現在為什麼要罰我？

總之，大人是異常神祕的。讓人忍不住猜想，或許每個人過了十五歲，都會開始神經不正常。

那時候的，對於「人類」這個物種的觀察，重點放在如何趨吉避凶。實在沒想過這個觀察也可以變成娛樂。我的觀察對象是這個世界的初來者，我早已習以為常的一切，於她皆是驚奇。而我因為她的好奇，也驚奇起來。Youtube 上有些寵物影片，主人會拍攝寵物的反應：給寵物照鏡子，聽重金屬搖滾，洗泡泡澡，以及吃奇怪的食物。實話說，女兒小的時候我都試過。看她的「第一次」反應實在是無與倫比的。

「初生之犢不畏虎」這句話，我覺得是描述一種「初生的元氣」，那種大無畏其實超過無知，更像是對於宇宙的大信。那麼確然地相信自己是必要的，是被愛的，是不被傷害的。以吸引力法則來看，那就是絕大的正念。我們都是喪失信念之後才開始破碎的。

我因為觀察對象就一名，實在不知道是不是孩子都這樣。不過女兒小時候似乎有自癒能力。她非常好動，個性急，又超級好奇寶寶，什麼事都想試，而且又有隔「山」摔下床的超能力，因此三天兩頭就看到她捧著手哎哎叫痛，一碰她就哭。或者走路一拐一拐，也一樣，抱她時碰到腳她就哭。顯然是手或腳出了問題。第一次（其實還有第二次第三次）我和她爹都很緊張，帶她去看病，照X光，完全看不出問題。然後，某天她突然就莫名其妙地好了。

這是她兩歲以前時常發生的事。或許小孩子在來到人世之前，上帝應允過他們在某個期限內可以不受傷害吧。

前幾年看到亞當的書。亞當全名 Adam McLeod。寫過《量子療癒場》（*Dreamhealer*）。亞當本身有中國、美國和印第安原住民的血統。他十五歲時發現自己有療癒能力，之後開始替人做遠距離的「量子治療」。最著名的事蹟是治好了加拿大搖滾樂教父朗尼・霍金斯（Ronnie Hawkins）的末期胰臟癌。（超可惜賈伯斯沒去找他。大約是因緣不足吧）

亞當在書裡說到一個奇妙的案例，有個不滿周歲的嬰兒不小心卡斷了手指，結果居然像壁虎斷尾一樣，在斷的地方生出來一個新手指。我想嬰兒說不定擁有再生能力：在他不知道人類沒有能力再生之前。就像大黃蜂的故事。據說按照流體力學，大黃蜂是「不應該」會飛的。不過大黃蜂因為沒聽過這種理論，因此還是很高興地成天飛來飛去。有些事，知道得太多不如不知道。我們服從了某種限制之後，就會對應地失去一種能力。

有次和母親聊天，不知怎麼就說起我小時候的事。我是全家唯一由產婆接生的孩子。那時候母親借住在鄉下的農家，山區。生我的時候照明還是油燈，可能因為這樣，我下地時臍帶纏住脖子也沒看出來。總之發現我一聲不哼，安靜到異常，才注意到這件事。

說是我異常愛哭。難帶得不得了。照母親的說法是天一黑我就開始哭，眼睛骨溜溜轉，從這邊牆看到那邊牆，像在追著屋子裡的什麼東西。後來隔壁鄰舍教我媽把我帶去收驚，這毛病才好。

啊原來我小時候去收過驚呢。可惜完全不記得那個幼小的我究竟看到了什麼，還有「被收驚」是怎麼回事。應該是特殊的神祕經驗。不過過去的年代，凡是異常之事，多數都略而不提，想必母親不會有我現在這種好奇。生我的時候，母親剛滿二十。某方面自己也還是個孩子，初初來到臺灣，言語不通，人生地不熟。她自顧不暇，怕也是完全沒有興趣從我身上觀察些什麼。

與二十歲的母親相比，同樣二十歲的我，實在是幸福的母親。記述這些的時候，我似乎看到了兩個畫面：一個是夜晚的山區，母親躺在黑暗裡，整個房間只有油燈一指大小的微光；另一個則是我自己。女兒出生在花蓮。我一直覺得花蓮是全臺灣最美的地方。同樣住在鄉下，可是我所居住的農村四處是稻田，藍天底下是明亮的黃綠色稻浪。開窗便可以聞到青草的生鮮氣息。陽光照在女兒臉上亮亮的。

一個沉重，一個明亮。這或也就是我和母親兩代女性對待子女方式如此不同的原因。

九歌文庫 1187

滄桑備忘錄

作者	袁瓊瓊
責任編輯	蔡佩錦
創辦人	蔡文甫
發行人	蔡澤玉
出版發行	九歌出版社有限公司 臺北市105八德路3段12巷57弄40號 電話／02-25776564・傳真／02-25789205 郵政劃撥／0112295-1
九歌文學網	www.chiuko.com.tw
印刷	晨捷印製股份有限公司
法律顧問	龍躍天律師・蕭雄淋律師・董安丹律師
初版	2015（民國104）年4月
定價	260元

書號　F1187
ISBN　978-957-444-979-8
（缺頁、破損或裝訂錯誤，請寄回本公司更換）

國家圖書館出版品預行編目資料

滄桑備忘錄 / 袁瓊瓊著. -- 初版.-- 臺北市：
九歌, 民104.04
224 面 ；14.8×21公分. --（九歌文庫；1187）

ISBN 978-957-444-979-8（平裝）

855　103026313